영화관에서 글쓰기

영화관에서 글쓰기

영화로 배우는
글쓰기 완전정복

이승재 · 이권우 지음

동아일보사

프롤로그 **영화**가 글에게

영화를 한 겹, 한 겹 뜯어보면……

얼마 전, 책 한 권을 읽다가 놀라서 나자빠지는 줄 알았어요. 영화 속에서 철학적 의미를 찾아내어 분석한 책이었는데요. 세상에나! 빌 머레이 주연의 영화 〈사랑의 블랙홀〉에다 대고 이런 해석을 하는 거예요.

"매일매일 똑같이 반복되는 일상을 살아야 하는 주인공의 모습은 산 정상까지 돌을 굴려 올렸다가 떨어지면 다시 굴려 올리는 일을 영원히 반복하는 시지프스 신화를 닮았다. 지루한 삶을 반복하는 인간의 실존적인 고통이 보이는 것이다."

와! 이런 사기가 있나요? 갖다붙이기는…….

왜 사기냐고요? 생각해보세요. 영화 속에서 주인공에게 매일매일 똑같은 하루가 반복되는 설정은 일상의 권태로움을 이야기하려는 거예요. 결국 지루하게 반복되는 일상을 딛고 삶의 참된 의미를 주인공이 발견해낸다는 게 〈사랑의 블랙홀〉의 핵심이지요.

시지프스 신화는 이와는 달라도 너무 달라요. 시지프스는 자신이 산 정상까지 힘겹게 굴려 올린 돌이 다시 바닥으로 굴러 떨어질

줄 알면서도 무거운 돌을 굴려 올리는 일을 영원히 반복하죠. 그건 좌절을 운명으로 받아들일 때 인간은 비로소 실존한다는 의미를 담고 있는 거잖아요.

아! 혈압 팍팍 올라요. 어디서 들은 유식한 단어와 이론을 총동원해서 견강부회하다니요. 혹시 이런 말 들어보았나요?

"아는 만큼 보인다."

멋지다고요? 아니에요. 오히려 이 말에 중독되어 우린 영화를 제대로 보지 못해요. 저는 이렇게 고쳐 말하고 싶네요.

"아는 만큼 잘 안 보인다."

왜냐하면 자기가 아는 걸 툭하면 써먹고 싶어서 이리저리 갖다 붙이는 바람에 영화가 가진 진정한 메시지를 냉철하고 논리적으로 바라보지 못하기 때문이죠.

〈아일랜드〉란 영화 아시죠? 어느 영화분석서는 이 영화가 "인간의 정체성 문제를 다뤘다"고 하더군요. 아! 혈압이 더 오르네요. 복제인간이 나오면 죄다 '정체성' 문제인가요? 이건 날개만 있으면 천사든 잠자리든 파리든 박쥐든 유니콘이든 모조리 '새'라고 부르는 것만큼이나 멍청한 해석이에요. 이것 역시 '아는 만큼 잘 안 보인' 황당한 경우죠.

〈아일랜드〉는 소재만 복제인간일 뿐, 사실은 자유를 찾아 탈출하는 노예들의 이야기예요. 다시 말해, 〈블레이드 러너〉와 한 묶음인 영화가 아니라 〈스팔타커스〉에 가까운 영화란 얘기죠. 자유! 이게 키워드죠.

영화에 담긴 본질적인 의미를 제대로 파헤쳐보고 싶다고요? 그럼 아는 걸 버리세요. 전 이런 말을 하고 싶어요.

"영화는 복어다."

오잉? 왜 하필 복어냐고요? 복어 맛이 나서 복어라 한 것이온데, 왜 복어 맛이 나느냐고 물으시면……. 자, 우린 영화라고 하는 복어의 회를 뜨는 솜씨 좋은 주방장이에요. 독을 피해 회를 뜨는 절박한 심정으로 영화를 한 겹, 한 겹 뜯어보세요.

영화라는 이야기의 예술 속에 담긴 텍스트를 얇디얇게 썰고 치밀하게 분해하세요. 산산조각 낸 의미의 조각들을 다시 논리적으로 구성하세요.

이 순간, 우린 영화를 창의적으로 해석하는 특별한 능력을 갖게 되고 영화는 살아 움직이는 의미가 되어 나 자신의 완전한 소유가 됩니다. 올바른 글읽기와 글쓰기의 출발점도 바로 여깁니다.

2008년 7월
이승재

Special Thanks to_
이 책이 나오기까지 결정적인 영감을 준 분들

- 왕의 남자 "특히 공길. 넌 소통에 관한 깨달음을 주는 '쿨'한 동성애자라네, 이 사람아."
- 킹콩 "금발미녀에 환장해 넌 목숨을 던졌지만 난 너로 인해 비유와 상징을 배우게 됐네, 이 사람아."
- 여일 "넌 머리에 꽃 꽂고 나타나 마이 아팠네. 덕분에 난 언어가 생성된 원리를 알게 됐네, 이 사람아."
- 네오 "You are the One, 이 사람아."
- 괴물 "허걱! 개구리도 악어도 아닌 것이 대한민국의 아픈 근현대사를 떠올리게 만들었네, 이 사람아."
- 트루먼 "굿 애프터눈, 굿 이브닝, 굿 나잇이네, 이 사람아."
- 사다코 "텔레비전에서 기어나오느라 욕봤네. 이젠 댕기머리 샴푸로 머리 감아야지, 이 사람아."
- 미스터 인크레더블 "하체가 부실한 넌 영웅이 아니라 공공의 적이라네, 이 사람아."

차례

우리 안의 괴물 vs 솔직하게 쏟아놓아라

할리우드산 괴수영화와는 다른 장르 법칙을 보여주는 〈괴물〉에서
어둡고 무시무시한 진짜 괴물은 무엇일까요.

트라우마(trauma). '정신적으로 남은 깊은 상처'란 뜻을 지닌 의학용어예요. 어려서 불장난을 하다 집을 홀라당 태워버린 쓰라린 기억을 가진 사람에겐 불(火)이 트라우마가 될 수 있겠죠. 혹시, 이런 트라우마가 우리 역사 속에도 존재하는 건 아닐까요? 극복했다고 생각하지만, 기실은 우리의 마음 밑바닥에 여전히 살아 꿈틀거리는 아픈 역사의 상처가 있는 건 아닐까요? 글쓰기는 또 어떨까요? 글쓰기에도 트라우마가 있어요. 내 안에 사는 이 '괴물'을 이겨내지 않는 한, 우린 영원토록 진솔한 글을 쓰지 못할지도 몰라요. 아, 무서워라.

우리 안의 괴물

괴물 | 감독 봉준호 | 2006

〈괴물〉. 역대 한국 영화 흥행 1위(관객 1,301만 명)를 기록한 정말 괴물 같은 영화죠. 〈괴물〉은 괴수怪獸영화치고는 참 이상합니다. 한참 뜸을 들이다가 막판에 '짠' 하고 전신을 드러내야 마땅할 괴수가 당혹스럽게도 상영 시작 10분이 채 못 되어 벌써 온몸을 드러내니 말입니다. 그것도 대낮에……. 해피엔딩으로 끝을 맺지도 않습니다. 가족은 괴물을 처치하지만 결국엔 소중한 딸을 잃고 마니까요. 게다가 괴물에겐 '고질라'나 '에일리언' 같은 멋들어진 이름도 없습니다. 그저 '괴물'일 뿐입니다.

〈괴물〉은 이렇듯 미국 할리우드산 괴수영화들이 고착화시킨 장르의 법칙을 살짝 비틀면서 우리의 기대를 의도적으로 비껴갑니다. 그러면서 그 안에 괴물만큼이나 어둡고 무시무시한 메시지를 감춰두고 있죠.

한강에 나타난 돌연변이 괴물 _스토리 라인

게을러빠진 남자 강두(송강호). 그는 한강 둔치에서 아버지(변희봉)와 함께 매점을 운영하며 살고 있습니다. 어느 날 한강에 괴물이 나타납니다. 이 괴물은 미군 부대에서 무단 방류한 독극물(포름알데히드)에 의해 한 생물체가 돌연변이를 일으켜 탄생한 것이죠. 괴물은 순식간에 둔치로 올라와 사람들을 닥치는 대로 살육하고, 강두의 중학생 딸 현서(고아성)를 낚아채어 한강 어딘가로 사라집니다.

죽은 줄로만 알았던 현서에게서 휴대전화를 받은 강두. 그는 "휴대전화 위치 추적을 해달라"고 경찰에 요청하지만 경찰은 강두의 말을 믿어주지 않습니다. 오히려 국가는 괴물과 접촉했던 강두를 격리 수용하면서 생체실험 대상으로 삼으려 하죠. 괴물이 괴바이러스를 퍼뜨린다는 뉴스가 전해지면서 시민들은 불안에 떨기 시작합니다. 결국 강두와 아버지는 현서의 삼촌 남일(박해일), 고모 남주(배두나)와 함께 현서를 구하기 위해 괴물의 본거지를 찾아나섭니다.

괴물, 소녀를 납치하다.

한강에서 매점을 운영하는 강두는 손님에게 갈 오징어의 다리(그것도 최고로 맛있다는 가장 긴 다리)를 슬쩍 떼어먹는 것 외에는 별다른 낙이 없는 소시민의 전형입니다. 괴물에게 딸을 납치당한 강두의 삶은 장차 어떻게 변할까요?

"구출해달라"는 딸의 전화를 받은 강두는 공권력에 호소하지만 미친 사람 취급만 당합니다. 결국 강두와 가족은 총기를 들고 스스로 일어설 수밖에 없죠. 아, 약한 자의 서글픔이여.

소시민이 전사로 거듭난 이유 _주제 콕콕 따지기

〈괴물〉의 주제가 '환경오염의 폐해' 라고 생각하나요? 미군 부대에서 무단 방류한 독극물이 생물체에 돌연변이를 일으켜 괴물을 탄생시킨다는 점에서, 괴물은 환경오염이 가져올 재앙에 대한 은유라고도 볼 수 있겠죠. 하지만 이런 시각은 영화를 너무 액면 그대로 받아들인 결과인지도 모릅니다.

좀더 깊이 들어가볼까요? 강두 가족의 '신분'을 살펴보는 데서 시작해보죠. 강두 가족은 말 그대로 '힘없는 소시민'입니다. 강두의 꿈은 오직 하나입니다. 100원, 500원짜리 동전을 틈틈이 모아 딸에게 휴대전화를 사주려는, 작지만 소중한 꿈이죠. 현서 삼촌은 대졸 실업자이고, 고모는 늘 망설이다 시간 초과로 과녁을 맞히지 못하는 양궁선수입니다. 이렇게 한결같이 '힘없고 결핍된' 강두 가족은 현서를 괴물에게 잃으면서 백팔십도 변합니다. 총과 화염병으로 무장

괴바이러스 보균자로 격리되어 생체실험 대상으로 전락해버린 강두. 그의 외침은 어쩌면 국가를 향해 사회적 약자들이 토해내는 피의 절규인지도 몰라요.

하고 괴물에 맞서 사투를 벌이는 전사戰士로 거듭나는 것이죠.

　무기력하기만 했던 강두 가족은 왜 돌변할까요? '가족애'가 그 이유의 전부일까요? 아닙니다. 이 가족의 분노를 결정적으로 촉발시킨 건 현서가 괴물에게 끌려간 뒤 국가가 이들에게 보여준 차가운 태도였습니다. 휴대전화 위치 추적만 하면 즉각 현서의 위치를 알 수 있음에도 경찰(국가)은 강두의 말을 곧이듣지 않습니다. 현서를 잃은 강두 가족의 아픔을 어루만져주기는커녕 오히려 "괴물 바이러스에 감염되었다"면서 강두를 벌레 취급하죠.

　결국 강두 가족이 깨닫는 것은 '경찰도 국가도 그 어떤 권력도 나와 가족을 진정 보호해주지 않는다'는 사실입니다. 스스로 무장해 괴물을 찾아나서는 것 외에는 선택의 여지가 없는 것이죠. 과거 국가와 민주화를 위해 화염병을 던졌던 삼촌. '386세대'의 상징적 인물인 그는 정작 민주화가 되었지만 국가로부터 버림받은 채 실업자로 전락한 자신을 한탄하며 냉혹한 시대의 변화를 탓합니다. 이제 그는 국가가 아닌, 자기 자신과 가족을 위해 (괴물을 향해) 화염병을 던지는 것이죠.

영화의 클라이맥스를 볼까요. 휘발유를 부어 괴물을 불태워버리는 데 결정적인 역할을 하는 인물은 난데없이 등장한 노숙자입니다. 그는 사회의 아웃사이더죠. 영화는 여기서 왜 하필 노숙자를 등장시켰을까요? 〈괴물〉은 강두 가족을 비롯한 사회의 소수자들이 국가권력의 보호를 받지 못한 채 위험천만한 자구 노력을 벌이는 모습을 보여줌으로써 '국가권력의 허상'과 '버림받은 개인'을 풍자하고자 했던 겁니다. 딸의 영정사진을 앞에 두고도 꾸벅꾸벅 조는 아버지 강두의 모습이 그저 한심하기만 하다고요? 아닙니다. 강두 같은 소시민이 폭력적인 국가권력으로부터 탈출할 수 있는 거의 유일한 기회는 눈을 감고 잠에 빠져 스스로 정신을 놓아버리는 그 순간뿐인지도 모르니까요.

아, 강두는 어쩌면 딸의 영정 앞에서 태연하게 낮잠을 잘까요? 아닙니다. 강두의 낮잠은 힘없고 '빽' 없는 소시민이 필사적으로 품는 자기 보호 본능인지도 모릅니다.

한강과 괴물의 숨은 뜻 _생각 팍팍 키우기

이런 질문을 던져봅시다. '왜 하필 괴물은 한강에 살고 있을까?' 질문에 대한 답을 찾아가는 과정에서 영화 속 '한강' 과 '괴물' 이 각각 무엇을 상징하는지가 드러납니다. 사실 '한강' 과 '괴물' 은 떼려야 뗄 수 없는 관계이니까요.

🏞 **한강** 한강은 영화에서 낯익은 동시에 낯선 공간입니다. 한강은 낭만적인 자연물이 아니라 칠흑같이 어둡고 음습한 유기체인 양 묘사되고 있죠. 우리가 무심코 지나다니는 한강 다리 밑에 오랜 기간 괴물이 서식해왔다는 설정은 무엇을 암시할까요? 일단 '항상 우리가 당연시해온 어떤 대상이나 현상 속에 사실은 무시무시한 뭔가가 잉태되어왔다' 는 추정이 가능합니다.

자, 그럼 이제 '한강' 에 초점을 맞춥시다. '한강' 하면 가장 먼저 무엇이 떠오르나요? 맞습니다. '한강의 기적!' 세계가 놀랄 만큼 빠른 속도로 근대화를 이룬 한국의 발전상을 멋들어지게 규정한 한마디가 아닐 수 없습니다. 영화 속 한강은 다시 말해 한국이 이룬 '고도성장' 혹은 '고속발전' 을 상징하는 단어라고 할 수 있죠.

🏞 **괴물** 괴물은 분명 '한강이 오랜 세월을 두고 잉태한 무시무시한 존재' 입니다. 앞서 '한강' 이 '고도성장한 한국' 에 대한 은유임을 밝혔죠? 그러니까 이번엔 '한강' 대신 '고도성장한 한국' 이

란 말을 넣어 앞의 문장을 재구성해봅시다. 결국 괴물은 '고도성장한 한국이 오랜 세월을 두고 잉태한 무시무시한 존재'를 나타낸다는 사실을 논리적으로 추론해낼 수 있습니다.

그렇습니다. 영화 속 괴물은 알고 보니 '우리 안의 괴물'이었습니다. '한국의 고속발전이 우리 마음속에 남긴 그림자'에 대한 은유였던 것입니다.

개인을 진정 보호해주지 않는 기만적인 국가권력, 뇌물을 쓰지 않으면 어떤 것도 작동하지 않는 부패한 사회 시스템, 진실을 캐기보단 선정적 뉴스에만 몸이 달아 있는 매스미디어, 서로에 대한 믿음과 소통을 단절한 채 파편화되어버린 개인 등과 같은 요소는 모두 고도성장의 미친 속도감 속에서 한국과 한국인의 내면에 독버섯처럼 자라난 '괴물'들이었다고 영화는 주장하고 있습니다. 영화 속에서 괴물에게 '킹콩'이나 '고질라' 같은 고유의 이름을 부여하지 않은 채 '괴물'이라고 시종 칭하는 것도, 이 괴수 자체보다 괴수가 은유하고 있는 깊은 메시지를 강조하기 위한 장치입니다. 괴물

괴물과, 그것의 서식처인 한강은 깊은 힘의를 가진 대상입니다. 괴물과 한강의 속뜻을 한국의 근현대사와 연관지어 생각해볼까요?

영화는 한 남자가 한강 다리 위에서 투신자살을 하는 장면으로 시작합니다. "너네 방금 봤나? 물 속에 커다랗고 시커먼 게……." 남자가 말한 '커다랗고 시커먼' 것은 단지 눈에 보이는 괴물만 뜻하는 것이었을까요?

에게 어떤 이름을 붙이는 순간 영화는 '특정 괴물 대 인간'의 싸움으로 그 차원이 낮아질 수밖에 없으니까요. 다시 말해 이 영화 속 괴물은 인간의 자유로운 삶을 억압하는 그 모든 존재에 대한 메타포(은유)가 될 수 있는 것입니다.

이런 의미에서 영화의 첫 장면은 의미심장합니다. 한강 다리 난간을 붙잡고 선 한 남자는 시커먼 한강을 내려다보며 이렇게 말합니다.

"너네 방금 봤냐? 물 속에 커다랗고 시커먼 게……." 주위 사람들이 말뜻을 알아채지 못하자, 남자는 "끝까지 둔해빠진 새끼들……. 잘살아라!"라는 말을 남긴 채 한강에 투신자살합니다. 이미 남자는 '괴물'의 정체를 알고 있었던 겁니다. 속으론 이렇게 울부짖었는지도 모릅니다.

"사람들아! 어리석구나. 알지 못하느냐. '커다랗고 시커먼' 부패와 가치의 혼란이 얼마나 치명적인 부메랑이 되어 우리에게 되돌아올지를……. 괴물이 되어 돌아올지를……."

영화 〈괴물〉이 관객의 간담을 서늘하게 하는 이유는 괴물이 한강에서 태어났다는 설정 때문이다. '고질라' 처럼 외딴섬도 아니고 '에일리언' 처럼 외계 행성도 아닌 우리가 살고 숨쉬는 공간, 한강 말이다. 하지만 괴물이 한강에서 탄생한다는 게 과학적으로 가능할까. 만약 괴물과 맞닥뜨린다면 살아날 비책은 없을까. 한국생명공학연구원 김창배 박사에게 물었다.

Q 영화에서는 미군이 한강에 흘려보낸 독극물(포름알데히드) 때문에 괴물이 탄생합니다. 현실적으로 가능할까요?

A 회의적입니다. 괴물이 유전자 변이를 통해 태어났다는 추정이 가능한데, 아직까지 포름알데히드 같은 독극물이 유전자 이상을 야기했다는 연구 보고는 없습니다. 독성물질에 의해 유전자 변이가 아니라 단순한 '형태 변형' 이 일어났을 경우라도 마찬가지입니다. 중금속에 노출된 물고기의 등이 휘어지는 경우를 생각해보십시오. 독극물에 노출되어 변형된 생명체는 결국 환경에 적응하지 못하고 죽는 경우가 대부분입니다. 괴물처럼 강력한 힘을 갖기는 어렵습니다.

Q 괴물은 어류, 양서류, 파충류 중 어디에 속할까요? 또 어떤 동물이 변한 것일까요?

A 헤엄을 잘 치고 뭍에서도 뛰어다닌다는 점,  그리고 사람을 잡아먹는 포식성이라는 점을 감안할 때 괴물은 파충류에 가깝습니다. 굳이 따지자면 괴물의 크기나 날렵한 움직임, 포악성 등으로 볼 때 악어와 같은 대형 파충류에서 비롯되었을 가능성이 있습니다. 뭍에 나온 괴물이 비 내리는 하늘을 향해 입을 벌린 채 돌처럼 가만히 있는 것도 수분을 섭취하기 위해서가 아니라 높아진 체온을 내리기 위한 체온조절 행위일 수 있습니다. 단순히 물을 먹기 위해서라면 그냥 한강 물을 마시면 되니까요. 악어와 같은 파충류는 변온동물이라 스스로 체온조절

을 못해 입을 딱 벌리는 방식으로 몸을 식힙니다. 그러나 괴물이 한강에 사는 남
생이(거북과 비슷한 동물)와 같은 토종 파충류나 사람에 의해 방치된 외국산 소형 파
충류로부터 비롯되었다고 추정하기에는 괴물의 몸집이 너무 큽니다.

Q 괴물을 먹으면 악어 맛이 나겠군요.
A 모르겠습니다. 파충류 중 일부가 조류와 진화상 가깝다고 하니 어쩌면 새鳥
맛이 날 수도 있죠. 영화에서는 괴물에게 바이러스가 없는 것으로 판명되므로 인
간이 먹어도 괜찮을 것으로 보입니다만, 만약 괴물이 유전자 변형 동물이라면(먹
을 때) 각별히 주의해야 합니다.

Q 괴물의 지능지수는 얼마나 될까요?
A 괴물이 강두의 아버지(변희봉)를 공격하는 순간을 봅시다. 괴물은 물 속에서
기회를 엿보다가 갑자기 수면을 박차고 나와 아버지를 표적 공격한 뒤 사라집니
다. 이렇게 뛰어난 집중력을 가진 괴물의 행태는 표범과 같은 포식동물의 습성과
흡사합니다. 역시 헌터의 습성입니다.

Q 괴물과 맞닥뜨렸을 때 살아남을 방법이 있나요?
A 괴물의 민첩성과 포악성, 강력한 이빨 구조
를 감안할 때 괴물과 맞닥뜨리면 별수 없이 죽을
공산이 큽니다. 다만 괴물은 악어처럼 수면의 진
동을 감지해 먹잇감의 위치를 포착할 가능성이
농후하므로 한강에서 수영하며 물장구를 치거나

낚시를 하는 것은 위험합니다. 영화의 마지막 부분에 한겨울밤 한강 매점을 지키
는 주인공 강두(송강호)가 총구를 겨누면서 또 다른 괴물의 출현을 경계하는 모습
이 나옵니다만, 강두가 그리 신경을 곤두세울 필요는 없을 듯합니다. 괴물이 악
어처럼 변온동물에 속한다면 추위에 약할 것입니다. 한강 어딘가에 틀어박힌 채
꼼짝달싹 않고 겨울잠을 잘 수도 있겠죠.

이권우의 영화 보고 글쓰기

글쓰기 1계명
솔직하게 쏟아놓아라

글쓰기를 방해하는 최대의 적은 누구라고 생각하나요. 늘 그렇듯이 남 탓할 가능성이 높지요. 글을 쓰려고 마음먹었는데, 집중을 방해하는 여러 요소가 글을 못 쓰게 한다고 푸념하기 일쑤입니다. 정말 그럴까요. 저는 아니라고 봅니다. 알고 보면, 만사가 다 나 자신에게 그 원인이 있습니다. 내가 잘하면 되는데, 그걸 인정하기 어려우니까 핑곗거리를 찾는 것이지요.

그렇다고 평소 글쓰기를 공부하지 않아서라는 둥, 본디 글 쓰는 재주를 타고나지 못해서라는 둥 하라는 뜻은 아닙니다. 글쓰기를 가로막는 것은 그런 것이 아닙니다. 글쓰기는 깊은 우물에서 물을 길어올리는 것과 같습니다. 글을 쓴다는 것은 두레박이 어둡고 깊은 곳에 닿아 거기에 가득한 것을 끌어올리는 것입니다. 비유한 바를 볼라치면, 벌써 무슨 뜻인지 아는 분들도 있을 터입니다.

결국 글은 자신을 드러내는 행위입니다. 쓰기 전에는 미처 몰랐던 일, 오랫동안 말하고 싶었으나 끝내 못했던 것, 상처받아 피흘렸던 기억 따위를 끌어올리는 거지요. 글쓰기를 같이 공부하다 보면, 의외로 글이란 남의 이야기를 쓰는 걸로 아는 사람이 많더군요. 글의 종류나 쓰임새가 다양하니, 잘못된 생각이라 할 수는 없습니다만, 그렇다고 맞다고도 할 수 없는 생각이지요. 정확히 하자면, 내 이야기를 쓰는 것이 글쓰기라 할 수 있습니다. 극단적으로 말해, 남의 이야기도 결국은 나의 경험과 생각, 그리고 바람이라는 색안경을 끼고 읽어낸 것입니다. 사실 그대로의 남의 이야기란 없고, 내가 채색하고 윤색한 남의 이야기만 있다는 말입니다.

글쓰기는 글 쓰는 사람의 무의식이라는 우물에 두레박을 던지는 것과 같습니다. 그런데 무의식이란 것이 무엇인가요. 날것 그대로의 욕망이 득시글거리는 곳입니다. 심리학자들의 말에 따르면, 지나치게 도덕적으로 살고 있는 사람의 무의식은 놀라울 만큼 인간적인 욕망으로 가득하다고 합니다. 그러니, 누가 스스로 자기 욕망을 다른 사람들에게 드러내려 하겠습니까. 사회적 체면이나 위신, 그리고 평판 따위를 생각해볼 때 쉬운 일이 아니지요. 무의식의 영역에 똬리를 틀고 있는 욕망덩어리가 의식세계로 떠오르지 못하도록 가로막는 것을 일러 '검열기제'라 합니다. 알려질 것과 알려져서는 안 되는 것을 가려내는 사람을 검열관이라 하잖아요. 그런 일을 하는 것이라 생각하면 되지요.

그렇다고 우리 마음속에 나 아닌 다른 누군가가 있어 검열관 노릇을 하지는 않겠지요. 내 안의 내가 그 일을 도맡고 있습니다. '어머나 세상에, 그걸 세상 사람들이 알면 너는 망신당하는데다 지금까지의 평판도 도로아미타불이 될 텐데 어떻게 그것을 글로 쓰려고 하니. 절대 안 돼!' 라고 외치고 있는 셈이지요. 이렇듯 글을 못 쓰는 이유는 남이 아닌 나한테 있습니다. 테베로 가는 길목에 수수께끼를 내어 못 맞히면 잡아먹는 괴물이 있었지요. 스핑크스 말입니다. 우리에게도 괴물이 살고 있습니다. 진솔한 자기 모습이 드러날까 조바심치는 괴물 말입니다.

나를 드러내야 치유를 받습니다. 상처 자체야 어찌 치료할 수 있겠습니까. 그러나 오랫동안 묵혀두었던 것을 터뜨리면 홀가분한 느낌이 듭니다. 죄책감이나 수치심 따위도 함께 풀려나갈 가능성이 높습니다. 그리고 정직한 글이 다른 사람에게 감동을 안겨줍니다. 좋은 글이란 화려한 비유와 수사로 덧칠된 것이 아니라 설혹 거칠고 생경하더라도 정직하게 쓰여진 것입니다. 공부하지 못했지만 자신의 삶을 진솔하게 쓴 글을 읽고 받는 감동을 떠올려보면 수긍이 갈 터입니다.

그렇다면, 글쓰기를 가로막는 괴물은 어떻게 해야 물리칠 수 있을까요. 스핑크스를 이겨낸 오이디푸스처럼 지혜가 요구됩니다. 남들이 알면 어쩌나 하는 두려움을 불러일으키는 괴물을 이겨내야죠. 그러기 위해서는 그 괴물을 정신없게 해야 합니다. 쓰고 싶은 것이 있으면 앞뒤 가리지 말고 일사천리로 써나가라는 말입니다. 맞춤법 따질 생각 말고, 적절한 은유나 상징을 만들었나 되살피지 말고 무작정 써나가는 겁니다. 시쳇말로 하면, 앞뒤 재지 말고 무조건 들이대라는 뜻입니다.

쏟아놓아야 합니다. 고치고 다듬고 때깔 좋게 하는 것은 나중 문제입니다. 다 쓰고 나면 팔목이 저리고 어깨가 아플 정도가 되어야 하지요. 봇물 터지듯 정신없이 쓰다 보면, 놀라운 일이 일어납니다. 미처 생각지 못했던 이야깃거리가 터져나오는 것이지요. 쓰다 보면 쓸 거리가 떠오르고, 그러니 더 폭발적으로 쓰게 됩니다. 그러고 나면 정신적으로 큰 성취감을 맛보게 되고, 글쓰기에 대한 자신감도 부쩍 커지게 됩니다.

우리 안에 괴물이 살고 있습니다. 맨얼굴로 자신을 드러내는 것을 두려워하는, 우리 마음이 만들어낸 괴물입니다. 이 괴물을 죽여야 비로소 좋은 글을 쓸 수 있습니다. 힘센 것을 이겨내려면 어떤 방법이 있나요. 재빨라야 합니다. 미처 손쓸 틈을 주지 않아야 하지요. 무엇을 쓸까, 어떻게 쓸까 고민만 하고 있으면 안 됩니다. 생각나는 대로 써갈겨야 합니다. 그러면 써지기 시작합니다. 글쓰기의 첫걸음은 이렇게 떼는 것이랍니다.

영화 vs 글쓰기

생활 속에 도가 있다 vs
즐겁게 매일매일 써라

황당무계하고 우스운 영화를 잘 만드는 주성치.
하지만 그의 영화에는 페이소스가 짙게 깔려 있습니다.
〈쿵푸 허슬〉은 과연 어떤 웃음으로 우리를 울릴까요.

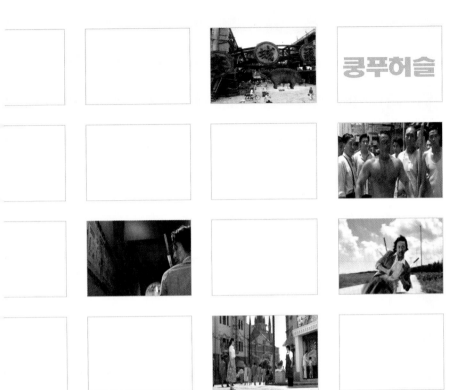

〈생활의 달인〉이란 TV 프로그램을 아시나요? 대파 써는 속도가 장난이 아닌 '설렁탕의 달인', 유리잔이 가득 든 쟁반을 겹겹이 쌓아올린 채 쏜살같이 달려가는 '웨이터의 달인', 초밥을 한번 움켜쥐기만 해도 밥알 숫자를 정확하게 가늠해내는 '초밥의 달인' 등 기상천외한 달인들이 등장해요. 어쩌면 쿵푸의 도(道)란 이런 게 아닐까요? 양복점 주인이야말로, 나뭇짐을 옮기는 짐꾼이야말로 생활로 다져진 쿵푸의 지존일지도 몰라요. 글쓰기가 어렵다고요? 글재주가 없다고요? 모두 비겁한 변명입니다! 생활 속에서 길을 찾으세요.

생활 속에 도가 있다

쿵푸 허슬 | 감독 주성치 | 2004

주성치(周星馳, 저우싱츠), 그는 천재가 아닐까요? 그가 감독과 주연을 겸한 영화 〈쿵푸 허슬〉을 보면 번뜩이는 그의 아이디어에 혀를 내두르게 됩니다. 기억나죠? 주성치가 '여래신장'이란 비급을 통해 막강 울트라 슈퍼 파워의 장풍을 날리는 장면…… 정녕 중국식 허장성세(虛張聲勢, 큰소리치거나 허세를 부림)의 극치라고 할 수 있죠. 새의 잔등을 사뿐히 밟고 하늘로 치솟는 황당무계한 장면은 또 어떻고요.

〈당백호점추향〉, 〈식신〉, 〈희극지왕〉, 〈소림축구〉 같은 주성치의 영화를 보면 이상야릇한 감정을 경험하게 됩니다. 언뜻 잔인하게 느껴지면서도 이내 우스워 배꼽을 잡게 되는 난감한 시추에이션 말이죠. 이 영화 〈쿵푸 허슬〉만 해도 그래요. 주성치가 단도 던지는 연습을 한다면서 잘난 체하며 칼을 휙 던지는데, 그게 벽을 맞고 되돌아와 팔에 푹 꽂히잖아요? 아, 잔혹하면서도 우스꽝스런 이 장면…….

하지만 알고 보면 주성치 영화에는 인생의 페이소스(pathos, 비애)가 짙게 묻어납니다. "슬픔을 아는 자만이 진정한 웃음을 안다"는 말도 있듯이 주성치가 선물해주는 웃음의 뒤안길에는 가슴 짠한 슬픔이 숨어 있어요.

1940년대 중국 상하이. 이곳은 법보다 주먹이 앞서는 무법천지입니다. 진짜 이상한 허슬 춤을 추면서 무자비하게 도끼를 휘두르는 폭력조직 '도끼파'의 위세 앞에 가난한 마을 '돼지촌'의 주민들은 숨죽인 채 살아가고 있습니다.

그러던 어느 날 돼지촌에 '싱'이란 이름의 건달 청년(주성치)이 흘러듭니다. 싱은 선량한 돼지촌 사람들을 겁줘서 자신의 위세를 과시함으로써 도끼파 보스의 눈에 들고 싶어하죠. 하지만 계획은 빗나갑니다. 알고 보니 돼지촌에는 쿵푸의 고수들이 여기저기 숨어살고 있었던 것이죠.

이에 도끼파는 떠돌이 형제 킬러 '심금을 울리는 가락'을 스카우트해옵니다. 이 맹인 형제 킬러는 비파를 띠리링 띠리링 퉁기는데, 그 비파의 파동이 칼날보다 날카로운 무기가 되어 상대를 공격하는 겁니다. 형제의 비파 무공 앞에 돼지촌 고수들은 하나둘 무릎을 꿇고 말죠.

그러나 형제 킬러의 살벌한 비급은 또다시 나타난 돼지촌의 절대고수 두 명 앞에선 속수무책입니다. 알고 보니, 돼지촌의 주인장 부부가 엄청난 무공의 주인공이었던 것이죠. 도끼파는 다시 잔인하기로 소문난 쿵푸의 달인 '야수'를 데려옵니다. 야수는 이른바

도끼파, 돼지촌을 접수하려 하다.

주성치는 진정 코미디의 천재가 아닐까요? 그는 사람들의 배꼽을 빼놓으면서도 그 자신은 웃음을 내보이지 않습니다. '돼지촌'에 들어선 그(위 오른쪽)가 거들먹거리는 꼴이라니……

그러나 강호는 넓습니다. 싱의 예상과 달리, 돼지촌 주민들은 고수 중 고수들이었죠. 악당인 '심금을 울리는 가락' 형제(아래 왼쪽)와 전설적 킬러 '아수'(아래 중간) 역시 없어 보이는 외모와 달리 잔인무도한 무공의 소유자들이었습니다.

'난닝구(러닝셔츠)' 차림에 슬리퍼를 질질 끌고 다니는 대머리 할아버지 모습이지만 무공은 장난이 아닙니다. 결국 주인장 부부를 작살내면서 막 돼지촌을 접수하려고 하죠.

그런데 이게 웬일입니까? 바로 그 순간, 생전 듣도 보도 못한 쿵푸의 절대고수가 홀연히 나타납니다. 전설의 무공 '여래신장'을 구사하는 그는 두꺼비 전법인 '합마공'을 구사하는 야수를 통쾌하게 무찌릅니다. 이 최고의 고수는 과연 누구일까요? 다름 아닌 싱이었습니다! 싱은 야수에게 죽도록 얻어맞으면서 오히려 몸의 기혈이 뚫려, 어려서부터 꿈에 그리던 '여래신장'을 구사하는 고수가 될 수 있었던 것입니다.

주성치는 난감한 시추에이션으로 웃음보를 터뜨리게 합니다. 진지한 표정으로 상대에게 날린 그의 단도가 벽을 맞고 튕겨져 다시 제 어깨에 푹 박히는 장면이라니……. 이걸 보고 웃어야 하나요, 울어야 하나요?

스스로 개척하는 운명 _주제 콕콕 따지기

영화의 주제는 한마디로 뭘까요? 도끼파로 대표되는 악당들이 법과 질서를 무시하고 선량한 돼지촌 주민들을 괴롭힙니다. 정의로운 인간으로 다시 태어난 싱은 폭력이 난무하는 난세에 종지부를 찍고 정의는 반드시 승리한다는 교훈을 일깨워줍니다. 결국 '정의는 살아 있다' 혹은 '사회정의의 실현'을 주제로 생각해볼 수 있겠죠.

하지만 이는 어디까지나 표면적인 모습일 뿐입니다. 거북 등껍질처럼 딱딱하고 상투적인 인식의 틀을 깨고 싱의 마음속으로 더 깊이 파고들어갈 필요가 있습니다. 변화하는 싱의 모습을 잘 따라가보세요. 영화가 진정 말하고자 하는 주제가 정체를 드러냅니다.

영화에서 가장 인상적인 대목은 두 곳입니다. 하나는 싱이 야수를 물리치는 클라이맥스 부분이고, 다음으로 가슴에 남는 장면은 싱이 어린 시절 아픈 추억을 함께 나눴던 언어장애인 소녀와 어른이 되어 재회하는 부분입니다. 두 장면은 바로 '여래신장'이라는 하나의 지점에서 만나게 되지요.

여래신장. 싱이 구사하는 이 절대무공에 해답이 숨어 있습니다. 어린 시절 싱은 "너는 쿵푸의 고수가 될 운명"이라는 걸인의 달콤한 거짓말에 속아 여래신장 비법을 담았다는 그림책을 턱하니 삽니다. 하지만 책에 담긴 내용은 사기에 가까웠죠. 책을 보고 여래신장을 어설프게 연마했던 싱. 그는 마침 언어장애를 앓는 아리따운 소녀 '퐁'이 동네 아이들에게 놀림받는 모습을 보고 달려가 여래신장을 구사하지만 오히려 아이들에게 흠씬 두들겨 맞고 '왕따'만 당합니다. 하지만 결국 싱은 여래신장을 구사하는 절대고수가 됩니다. 왜일까요? 싱은 자신의 운명을 끝까지 믿었기 때문입니다. 비록 걸인의 말과 걸인이 넘겨준 책은 거짓이었지만, '지성이면 감천'이란 말도 있듯 단 한순간도 '여래신장을 구사하고야 말겠다'는 꿈을 버리지 않고 살아온 싱은 스스로 절대고수의 운명을 만들어갔던 것이죠. 결국 '스스로 개척하는 운명'이야말로 영화를 관통하는 주제인 것입니다.

이런 의미에서 영화 속에 나오는 커다랗고 컬러풀한 막대사탕은 영화의 주제를 품고 있는 일종의 상징물입니다. 막대사탕은 결국 여래신장의 고수가 되겠다는 싱의 '꿈'을 나타내는 영화적 장

알고 보니 싱은 여래신장의 달인이었지요. 아, 그의 작은 손바닥에서 엄청난 장풍이 뿜어져 나오는 모습. 실로 대륙적인 허장성세(과장)의 진면목입니다.

알고 보니, 싱에겐 아픈 과거가 있었네요.
막대사탕은 무엇을 상징할까요?

치라고 할 수 있죠. 어린 시절 동네 아이들에게 얻어맞는 과정에
서 산산조각 나버린 막대사탕. 깨진 사탕조각을 이어붙인 퐁은 평
생 사탕을 간직한 채 싱과 재회하기를 기다려왔고, 결국 퐁을 다
시 만난 싱은 자신의 마음속에 품어왔던 여래신장의 꿈을 이루고
마니까요.

돼지촌 사람들의 일상이 소개되는 영화 초반부 기억하나요? 정말 포복절도抱腹絕倒할 장면이 나옵니다. 가느다랗게 흘러내리는 물줄기에 대고 이발소 청년이 순식간에 머리도 감고 몸도 씻고 이도 닦으면서 신기神技에 가까운 목욕 기술을 선보이는 장면이죠. 이걸 요즘 유식한 말로 '멀티태스킹(multitasking, 한꺼번에 여러 가지 일을 하는 다중 작업)'이라고 하죠? 물론 돼지촌 사람들이 열악한 생활환경 속에 놓여 있다는 사실을 우스꽝스럽게 보여주는 대목입니다만, 알고 보면 이 장면은 영화가 숨기고 있는 심오한 철학의 실마리를 살짝 제공하고 있답니다.

무슨 말이냐고요? 돼지촌에 숨어살던 초절정 쿵푸의 고수들을 하나하나 눈여겨보세요. 가공할 발차기 실력을 자랑하는 무공 '십이로담퇴'를 구사하는 쿨리. 그는 평소 발을 자유자재로 사용해 무거운 쌀가마니를 제기 차듯 툭툭 차올리는 등짐장수였습니다. 대나무 봉을 환상적으로 놀리는 '오랑팔괘권'의 주인공 도넛은 또 어떤가요? 대나무 봉을 사용해 만두피를 부드럽게 빚어내는 분식집 주인이었죠. 게다가 초강력 주먹을 날리는 '홍가철선권'의 장본인 테일러는 양복점 주인이었습니다. 테일러는 세탁 봉에 대롱대롱 매달린 금속 링을 떼어내 손목에 팔찌처럼 두르고는 무시무

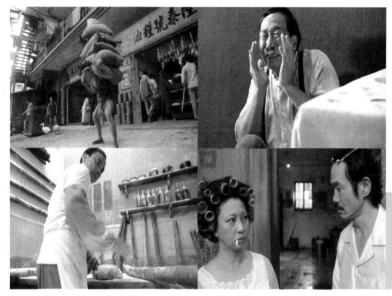

생활 속에 '도'가 있어요. 쌀가마니를 옮기고, 만두피를 빚고, 부부싸움을 하는 와중에도 '도'는 가까이 있습니다.

시한 철권을 휘두르죠.

돼지촌 고수들에 얽힌 이런 기막힌 사연들에는 과연 어떤 속뜻이 숨어 있을까, 한번 곰곰이 생각해보세요. 어떤 세계관 혹은 철학을 발견할 수 있을까요?

바로 '생활 속에 도道가 있다'는 철학이죠. 도는 저 하늘 위 별세상에 있는 것이 아닙니다. 등짐이든 분식점이든 양복점이든 자신이 평소 속한 직업과 환경에 충실하면서 한 우물을 팔 때 도는 저절로 얻어진다는 진리를 영화는 말하고 있는 거죠.

엽기적인 주인장 부부는 쿵
푸 고수들이었음이 밝혀지
죠. 아내의 가공할 잔소리,
아내의 주먹을 피하는 남편
의 허허실실 몸짓이 쿵푸
무공의 재료였다니요.

　　엽기부부라고밖에 볼 수 없는 판자촌 주인 아줌마와 남편을 보
세요. 잔소리꾼인 아줌마는 자신의 장기인 잔소리를 이용해 커다란
목소리를 내뱉음으로써 적들을 날려보내는 전설의 무공 '사자후'를
구사하잖아요? 게다가 머리에 핀을 꽂은 채 비실거리며 무능하기 짝
이 없게만 보였던 남편은 어떤가요? 상대방의 힘을 기가 막히게 이용
해 요리조리 피하는 허허실실虛虛實實의 무술 '영춘권'의 대가였죠. 이
부부 역시 평소 자신의 생활과 습관을 도의 경지로 끌어올린 '생활의
달인'들이었던 것입니다.
　　싱이야말로 도를 생활 속에서 구현한 대표적인 인물입니다. 싱은
여래신장의 비법을 담았다는 허술한 만화책 하나에 기댄 채 평생 무술
을 단련한 결과, 거짓말처럼 여래신장의 고수가 되잖아요? 굴러다니
는 싸구려 만화책일지라도 어떤 마음가짐과 태도로 대하느냐에 따라
얼마든지 도로 통하는 안내서가 될 수 있다는 사실을 영화는 말해주고
있습니다.

40

혹시 '외유내강(外柔內剛)'이라는 사자성어 들어보았나요? '겉으론 순하고 부드러우나 속으론 굳세다'는 뜻을 가진 말이죠. 〈쿵푸 허슬〉에 등장하는 인물들을 보면 정말 '외유내강'이라는 말을 떠올리지 않을 수 없어요.

돼지촌 주민들을 살펴볼까요? 겉으로는 한없는 겁쟁이에다 약자(弱者)들 같습니다. 순박한 웃음만 짓는 아줌마에다 할아버지에다 꼬마아이 등등. 하지만 알고 보면 이들은 막강한 내공의 소유자들임이 밝혀집니다. 그래서 이 주민들을 얕잡아보았던 싱은 "너 이리 나와!" 하고 한껏 폼을 잡았다가 망신을 당하지 않습니까? 순박한 외모의 아낙네는 농사짓던 힘을 사용해 싱의 복부에 강편치를 날립니다. 책벌레처럼 보이던 '안경잡이'도 알고 보니 '한 성질' 하는 인간이었죠. 게다가 백발이 성성한 할아버지, 앳된 얼굴의 어린아이도 알고 보니 '근육맨'이었습니다.

아, 더 재미난 예가 있네요. 절대무공을 자랑하는 테일러 아시죠? 테일러는 강철보다 단단한 주먹을 휘두르지만 평소엔 어떤 모습인가요? 셔츠 끝을 리본처럼 동여매어 입고, 빨간색 팬티를 즐겨 입는데다 수줍음도 많이 타서 "몰라 몰라" 하며 얼굴을 가린 채 뛰어다니는, 여린 마음을 가진 동성애자잖아요?

민초들을 우습게보지 마세요. 순박한 아줌마, 흰머리 할아버지, 겁 많은 어린 아이도 마찬가지입니다. 지렁이도 밟으면 꿈틀한다는 말 아시죠?

영화는 이런 우스꽝스런 설정들을 통해 사실은 아주 중요한 주장을 합니다. 바로 '평범한 민초民草들이야말로 역사의 중심'이라는 주장이죠.

돼지촌 사람들은 가난합니다. 도끼파에 꼼짝 못할 만큼 겁도 많죠. 하지만 오순도순 모여 사는 이들은 이상하리만큼 낭만적이고 평화로운 공동체의 질서를 유지하면서 나름의 행복한 삶을 이어가고 있지 않습니까? 그게 바로 민중의 힘이고, 민초들의 힘이죠.

결국 무법천지의 혼탁한 세상 속에서도 중심을 잃지 않은 채 역사의 큰 물줄기를 이끌어가는 '보이지 않는 힘'은 바로 이 평범한 서민들, 즉 이름 없는 민초들이란 사실을 영화는 말하고 있는 것입니다.

Q&A

Q 영화 〈쿵푸 허슬〉의 감독과 주연을 맡은 주성치는 '패러디의 천재'라고 불린다. 사람들에게 널리 알려진 영화의 내용이나 장면, 대사를 슬쩍 가져와서는 자신의 영화 속에서 살짝 비틀고 비꼬는 것이다. 그렇다면 〈쿵푸 허슬〉 속에는 어떤 영화들이 패러디되어 있을까?

A 우선 키아누 리브스 주연의 영화 〈매트릭스〉. 〈쿵푸 허슬〉에서 싱이 수십, 수백 명의 도끼파 일당에 맞서 싸우는 모습은 〈매트릭스 2-리로디드〉에서 주인공 네오가 수없이 복제된 스미스 요원들과 건곤일척의 대결을 벌이는 장면을 패러디한 것이다.

또 잔혹한 강호 제일의 고수 '야수'가 소개되는 장면을 보자. 정신병원에 있는 야수를 탈출시키기 위해 싱이 정신병원으로 들어가는 순간 병원 복도 내부가 갑자기 시뻘건 핏물로 가득 찬다. 이 장면은 〈2001 스페이스 오디세이〉, 〈풀 메탈 자켓〉과 같은 명작을 남긴 스탠리 큐브릭 감독의 공포영화 〈샤이닝〉(1980년)의 한 장면을 옮겨온 것이다. 한 작가 가족이 산 속 호텔에 고립되면서 벌어지는 끔찍한 사건을 담은 〈샤이닝〉은 1970~1980년대에 미국 사회가 안고 있던 '가족 해체의 공포'를 담아냈다. 〈쿵푸 허슬〉에는 대사까지 패러디된다. 돼지촌의 고수는 죽으면서 이런 유언을 남긴다. "큰 힘에는 큰 책임이 따른다." 이 말은 영화 〈스파이더맨〉에서 삼촌이 주인공 피터에게 건네는 의미심장한 대사에서 따온 것이다.

글쓰기 2계명

즐겁게 매일매일 써라

　　　　　대학에서 1학년 학생들을 대상으로 6학
기 동안 글쓰기를 가르쳤습니다. 대학생들을 상대로 강의했으니,
별반 어려움 없이 보냈을 것 같은가요. 아이고, 지금 생각해도 혀를
내두를 정도로 고생 많이 했습니다.

　대학생들을 가르치면서 이해할 수 없는 일이 있었습니다. 중등
교육과정을 정상적으로 밟았는데, 어떻게 이처럼 글쓰기 기초가
갖추어지지 않았나 하는 점입니다. 입시제도에 논술이 있다는 점
을 감안하면, 더더욱 이해하기 어려운 일입니다. 하지만 이 문제는
학생들 탓으로 돌릴 수 없습니다. 상대적으로 논술의 비중이 낮은
데다 논술을 보는 대학도 제한되어 있으니, 글쓰기 훈련이 된 학생
들이 적다고 보아야 합니다(논술 공부한 학생들이 그러면 글쓰기를 잘하
냐 하면 그것도 아닙니다만). 오히려 지나친 입시교육이 글쓰기를 배

우고 익히고 활용해보는 기회를 봉쇄했다고 보아야 맞을 성싶습니다. 결국 어른들 탓입니다.

글쓰기 교재들을 살펴보면서도 이해할 수 없었습니다. 결론을 다룬 항목을 볼라치면, 한결같이 요약하라고 해놓았습니다. 당연히 결론은 지금껏 말한 바를 한마디로 정리하는 대목이기도 합니다. 하지만 한결같이 요약이라고 표현해놓은 것은 도무지 알다가도 모를 일이었습니다. 요약이라고 하면 지금껏 말한 바를 축약한다는 뜻인데, 이는 박사학위처럼 본론에서 굉장히 많은 내용을 쏟아놓은 다음, 결론 부분에서 지금껏 말한 내용을 요령껏 정리해준다는 말이기도 합니다. 그리고 요약이라고 하면, 본문에서 할 말 다하고 나서 그것을 정리하는 것으로 결론을 쓰면 된다는 의미도 포함하고 있습니다.

학생들이 쓴 글을 보더라도 결론 단락이 굳이 왜 있어야 하는지 알다가도 모를 경우가 많았습니다. 평소 보았던 글쓰기 교재가 잘못 일러줘서 그럴 수도 있고, 워낙 글을 써보지 않아서 그럴 수도 있습니다. 그런데 가만히 따져보니, 둘 다 맞는 소리 같았습니다. 저는 학생들에게 강의할 때, 결론을 일러 종합과 요약이라 말했습니다. 지금껏 말한 바가 최종적으로 귀착하는 것, 그것이 바로 결론이라는 것이지요. 이 말은, 결론을 먼저 생각해야 한다는 뜻이기도 합니다.

내가 무언가를 주제로 한 편의 글을 쓰기로 했다면, 자료도 찾아보고 고민도 많이 해볼 터입니다. 이 과정을 거치다 보면, 그 주제에 대해 자신이 마침내 하고 싶은 말이 떠오릅니다. 사실 이것이 결론입니다. 이때 다시 고민하게 됩니다. 하고 싶은 말을 설득력 있게 하려면 어떤 내용을 담아야 하는가 하고 말입니다. 이것이 본론에 해당하지요. 글을 인상적으로 쓰기 위해 고민하는 것은 서론을 잘 쓰기 위해서입니다.

왜 이런 현상이 벌어졌는가 살펴보았더니, 스스로 글을 써본 적이 없기 때문이라는 사실을 발견했습니다. 대체로 글은 숙제나 시험으로 주어졌더군요. 그러니 자료도 찾아보지 않고 깊이 고민해보지도 않고 건성으로 썼던 것이고, 그러다 보니 판에 박힌 글이 나왔던 것입니다. 그래서 저는 학생들에게 스스로 과제를 정해 글을 써보는 훈련을 해보라고 권했습니다. 그래야 판박이 글이 아니라 독창적이고 자유로운 글을 쓸 수 있지요. 이렇게 말하면 학생들이 묻습니다. 그런 글을 어떻게 쓸 수 있느냐고요.

저는 성찰적 에세이와 서평을 써보라고 말해줍니다. 성찰적 에세이라 하니, 거창하지요. 별거 아닙니다. 일기를 써보라는 것이지요. 그날 일어난 일들 가운데 특별한 것이 있다면 기록하고 거기에서 느낀 바를 쓰면 됩니다. 특별하거나 느낀 바가 있어 쓸 수도 있지만, 쓰기 위해 고민하다 보니 특별하거나 느낀 바를 발견할 수도 있습니다. 억지로, 남이 시켜서 쓰는 것이 아니라 스스로 쓰다 보니 훨씬 창의적인 글이 많이 나오게 됩니다.

서평이라고 하니, 어려워 보이지요. 별거 아닙니다. 독후감을 써보라는 것이지요. 단, 내용을 요약하거나 느낀 바를 쓰는 데 그치지 말고 주제를 비판하는 데까지 나아가보자는 것입니다. 스스로 생각하고 깨닫기란 얼마나 어렵던가요. 그러나 평소 책을 읽고 나서 정리하고 자신이 느낀 바를 기록하다 보면, 사고력과 표현력이 놀라울 정도로 성장하게 됩니다. 더욱이 좋은 글을 쓰려면 빼어난 글을 자주 읽어야 한다는 것은 누구나 동의하는 말입니다. 읽기만 해도 좋은 점이 많은데, 이를 서평 형식으로 쓰면 더 많은 이점이 있습니다.

글쓰기는 어느 날 갑자기 마음먹고 공부한다고 이루어지는 것이 아닙니다. 좋은 선생님을 독선생님으로 모셔 배운다고 금세 실력이 늘어나는 것이 아닙니다. 평소 꾸준히 써나가는 게 가장 좋은 방법입니다. 그런데 어떻게 해야 꾸준히 쓸 수 있을까요. 그래서 제가 방금 말씀드렸잖습니까. 일기를 좀더 발전시킨 형식인 성찰적 에세이를 써보라고. 그리고 독후감보다 진일보한 서평을 써보라고. 깨달은 이들이 늘 하는 말이, 참된 것은 삶 한가운데 있다고 합니다. 글쓰기의 왕도 역시 마찬가지입니다. 진즉부터 좋은 방법이라 귀가 따갑도록 들어왔으나, 정작 해보지 않았던 일기와 독후감에 그 길이 숨어 있답니다.

영화 vs 글쓰기

유토피아는 아름다운가 vs 고정관념을 깨고 독창적으로 생각하라

〈웰컴 투 동막골〉에서는 강원도 두메산골, 동막골에 국군과
인민군과 미군이 찾아듭니다. 서로에게 총부리를 겨누던 이들은
순수한 동막골 사람들을 만나면서 과연 어떻게 변했을까요.

강동원과 정준하, 누가 더 잘생겼을까요? 말이 되는 질문을 하라고요? 아닙니다. 생각해보세요. 만약 정준하와 똑같이 생긴 남자 1만 명으로 이뤄진 마을이 있다고 칩시다. 이 마을에선 머리가 클수록, 배가 나올수록 미남 대접을 받지요. 그런데 이 마을에 어느 날 강동원이란 자가 하늘에서 뚝 떨어졌어요. 어떤 일이 생길까요? 머리 작고, 몸 홀쭉하고, 이목구비 오밀조밀한 강동원은 '새 머리에다 수수깡 몸을 가진 추남' 취급을 당할 거예요. 맞아요! 맥락이 바뀌고 환경이 바뀌면, 새로운 가치관의 세상이 열려요. 그건 영화도, 글쓰기도 마찬가지죠.

유토피아는 아름다운가

웰컴 투 동막골 │ 감독 박광현 │ 2005

"이래이래 손을 빨리 막 휘저으믄 다리도 빨라지미. 다리가 빨라지믄 팔은 더 빨라지미. 저 땅이 막 뒤로 지나가미. 난 참 빨라."

이 유명한 대사를 기억하나요? 영화 〈웰컴 투 동막골〉에 등장했던 소녀 여일(강혜정). 머리에 늘 꽃을 꽂고 다니는, 자타 공인 '미친ㅇ' 인 그녀가 자신의 달리기 속도를 뽐내며 늘어놓는 구수하고 순박한 강원도 사투리입니다. 특히 마음을 한데 모은 남한과 북한과 미국의 병사들이 달려드는 멧돼지를 환상의 협공으로 물리치는 슬로모션 장면은 정말 포복절도할 지경이었습니다. 하늘에서 팝콘비가 내리는 꿈 같은 장면은 또 어떻고요.

하지만 아세요? 그저 모자라게만 보이던 소녀 여일에겐 우리가 생각지도 못했던 엄청난 비밀이 숨어 있다는 사실을……

순수는 힘이 세다 _스토리 라인

6·25전쟁 중 강원도의 한 두메산골 속 마을 동막골에 국군과 인민군과 미군이 찾아듭니다. 국군인 표현철 소위(신하균)와 겁쟁이 위생병 문상상(서재경), 인민군인 리수화 상위(정재영)와 노병 장영희(임하룡), 소년병 서택기(류덕환)가 그들이었죠. 미군은 불시착한 전투기의 조종사 스미스 대위였고요.

서로에게 총부리를 겨누던 이들은 세파에 오염되지 않은 동막골 사람들의 순수함에 점차 마음의 문을 엽니다. 결국엔 국적과 인종을 떠나 모두 하나가 되죠. 이들은 수류탄을 잘못 터뜨리는 바람에 마을 사람들의 1년치 양식이 날아가버리자 마을의 농사일을 거들면서 평화로운 나날을 보냅니다.

그런데 이상스럽게도 전투기들이 이 마을 상공에만 도달하면 원인 모를 추락을 거듭하면서 연합군이 동막골 지역을 의심하기 시작합니다. 연합군은 동막골에 인민군의 대규모 대공포 부대가 있는 것으로 오해하고 폭격 계획을 세웁니다. 남북의 군인들은 폭격기의 공격을 다른 곳으로 따돌리기 위해 산 정상에 올라가 목숨을 건 위장 전투를 벌입니다. 그러고는 안타깝게도 장대비처럼 쏟아지는 폭탄 속에서 그들은 모두 장렬한 죽음을 맞습니다.

두메산골 청정무구의 마을 동막골. 어느 날 국군과 인민군 병사들이 몰려들면서 동막골
은 위기를 맞이합니다. 동막골은 전쟁이 낳은 살육과 증오로 얼룩지고 마는 걸까요?

동막골은 커다란 용광로였습니다. 사랑과 화해의 용광로 말입니다. 동막골은 국군과 인
민군이 품고 있던 적대감을 흔적도 없이 녹여버리죠.

서로 반목하던 국군과 인민군, 미군이 친구가 되는 계기는 뭘까요? 자신들을 옭아매고 있던 국적과 이데올로기(자유민주주의, 사회주의와 같은 사상)의 굴레를 훌훌 벗어던졌기 때문입니다. 결국 이들은 '인류'라는 하나의 우산 아래서 마음의 문을 열게 된 거죠. 여기서 우리는 '휴머니즘'과 '인류 공존'이라는 키워드를 떠올릴 수 있죠.

하지만 '휴머니즘'이나 '인류 공존'이란 말보다는 조금 덜 근사해 보이지만, 사실은 더 근원적이고 더 아름다운 단어가 영화 속에 숨어 있어요. 그건 바로 '순수', 영어로는 '이노센스innocence'죠.

생각해보세요. 동막골 사람들이 지닌 '휴머니즘'은 '순수'라는 토양에서 자라날 수 있었던 것입니다. 마을 사람들의 이런 순수성은 무시무시한 총알과 수류탄과 폭탄 세례보다 훨씬 더 강력한 힘이 되어 병사들의 마음속에 찌꺼기처럼 남아 있는 증오심을 싹 다 녹여버리죠.

영화 속엔 이미 영화의 주제어가 '순수'임을 눈치채게 만드는 결정적인 실마리가 들어 있습니다. 바로 영화의 공간적 배경이 되는 마을 이름 석 자, 즉 '동막골'이죠. 영화에선 동막골이란 마을 이름이 어디에서 유래했다고 설명되나요? 그렇습니다. '어린아이(童, 동)처럼 막 살아라'라는 뜻에서 '동막골'이란 이름이 나왔다고

동막골에선 병사들도 풀 썰매를 타는 아이가 되어 버렸어요. '어린아이처럼 막 살라'는 마을 이름처럼 말이죠.

하죠. 마을 이름에서부터 동막골의 근원적인 힘은 바로 아이와 같은 순수성에 있다는 사실을 암시하고 있죠.

얼마 전까지만 해도 서로에게 총부리를 들이대던 남한과 북한, 그리고 미국의 병사들이 어느새 어린아이들처럼 풀썰매를 함께 타며 천진난만하게 웃음 짓는 모습을 보세요. 동막골 상공에만 가면 전투기들이 원인 모를 추락을 거듭하는 이유를 생각해보세요. 동막골이 뿜어내는 순수와 평화의 강력한 자장磁場이 전쟁이라는 인간의 추한 욕망을 흔적도 없이 녹여버린다는 사실을 암시하고 있는 내용들이죠.

혹시 〈웰컴 투 동막골〉의 또 다른 주제로 '민족 동질성 회복'을 생각하나요? 언뜻 듣기엔 근사한 대답 같지만 정밀하게 따져보면 다소 좁은 시각이라고 할 수 있어요. 국군과 인민군만이 마음을 한데 모으는 건 아니잖아요? 남북의 군인이 하나가 되는 과정에는 스미스라는 미군 조종사가 결정적인 촉매 역할을 하죠. 결국 '민족'이라는 단어는 이 영화가 가진 주제의 스케일을 오히려 축소시키는 결과를 낳습니다.

아마 '평화'나 '반전反戰'같은 단어를 키워드로 떠올릴 수도 있겠는데요. 틀린 답이라고는 단정할 수 없지만 논리적이고 엄밀한 답이라고는 말할 수 없죠. '평화'나 '반전'이 '순수함'을 가져오는 것이 아니라 동막골의 '순수함'이 결과적으로 '평화'와 '반전'을 가져온 것이니까요. '평화'보다는 '순수'가 더 근원적인 단어라고 볼 수 있습니다.

동막골은 마술의 공간 _생각 팍팍 키우기

"뭔 사람이 거 인사를 그 따우로 해요. 낯짝에 짝대기를 들이대
구……."

총부리를 들이대는 인민군에게 동막골 주민들은 이렇게 대꾸합
니다. 수류탄을 보고도 마을 사람들은 "저거 돌멩이나?", "감자를
닮았네" 하면서 전혀 두려워하지 않죠.

이 우스꽝스런 장면엔 알고 보면 '사물과 언어의 의미'라는 철
학적인 문제가 내포되어 있어요. 어떤 사물이나 말의 뜻은 우리가
태어날 때부터 저절로 알고 있는 게 아니라 후천적인 학습이나 경
험을 통해 비로소 습득하게 된다는 거죠.

동막골 사람들은 자신들이 경험하지 못한 총은 전혀 두려워하지
않습니다. 대신 1년 농사를 마구 망쳐놓거나 시도 때도 없이 마을
사람들에게 덤벼드는 한낱 멧돼지한테는 극도의 공포를 느낍니다.
왜 그럴까요? 동막골 주민들은 총을 경험해본 적도, 총에 대해 학
습한 적도 없지만 멧돼지는 늘 생활 속에서 경험해온 대상이기 때
문이죠.

결국 '언어'라는 것은 그것을 사용하는 사람들이 처한 '환경의
산물'이라는 사실을 알 수 있습니다. 예를 들어보죠. 역사 이래
'도둑'이란 존재가 단 한 명도 없다면 우리는 '도둑'이란 단어를

지금 알고 있기나 할까요? '아는 게 병이다'란 말도 있죠. 맞습니다. 어쩌면 사람들은 사용하는 단어의 숫자가 늘어날수록 그만큼 더 겁쟁이가 되는지도 모릅니다.

자, 여기서 좀더 깊이 들어가볼까요? 동막골은 '총'이나 '수류탄'이나 '폭탄' 같은 무시무시한 단어들이 더 이상 힘을 쓸 수 없게 만드는 공간일 뿐만 아니라 아예 이런 폭력적인 단어들의 원뜻을 송두리째 뒤바꿔버리는 마술을 부리는 공간이기도 합니다.

수류탄을 생각해봅시다. 수류탄은 6·25전쟁이 벌어지고 있는 저 바깥 세상에선 무지막지한 살상무기이지만 이곳 동막골에선 완전히 다른 기능을 합니다. 마을 곳간으로 흘러들어간 수류탄이 폭발한 뒤 하늘에서 '팝콘비'가 내리는 숨막힐 듯 아름다운 장면을 보세요. 이 팝콘비가 내린 뒤로 남북의 병사들은 적대감을 풀고 마음의 빗장을 열기 시작하니까, 결국 수류탄은 화해와 평화를 가져

동막골에서 수류탄은 더 이상 무시무시한 살상무기가 아닙니다. 곳간에서 수류탄이 터지자 옥수수 알알이 사랑과 화해의 팝콘이 되어 내리는 장면을 보세요. 사물은 마음먹기에 따라, 그리고 사용하기에 따라 의미가 백팔십도 뒤바뀔 수 있답니다.

다준 계기가 되었다고 볼 수 있습니다.

　또 있습니다. 우리의 뇌리에 아릿하게 남아 있을 마지막 장면인
데요. 연합군 폭격기에서 투하된 수많은 폭탄이 남북의 병사들 머
리 위로 떨어지는 순간……. 폭탄이 만들어내는 불꽃을 자세히 보
세요. 이 불꽃은 병사들의 생명을 앗아가는 죽음의 불꽃임이 분명
하지만 병사들은 불꽃을 그 반대의 의미로 받아들이죠. 죽음의 순
간 남북의 병사들이 짓는 미소……. 비처럼 쏟아지는 폭탄의 화염
은 병사들에겐 진정한 화해를 이룬 것을 축하하는 '불꽃놀이'와 다
름없는 것이죠.

　이렇듯 동막골에선 죽음을 부르는 수류탄과 폭탄마저 화해와 평
화의 전령사로 변신하고 맙니다.

여일은 '미친X' 일까 _유연하게 생각하기

"숨도 안 맥히고 있잖우. 이래이래 손을 빨리 막 휘저으믄 다리도 빨라지미. 다리가 빨라지믄 팔은 더 빨라지미. 저 땅이 막 뒤로 지나가미. 난 참 빨라." 모자란 소녀 여일이 손을 냅다 앞뒤로 휘저으면서 이 말을 할 때 우리는 배꼽을 잡고 웃었어요. 하지만 여기서 우리는 스스로에게 이런 질문을 던져볼 필요가 있습니다. '여일은 미친 게 아니라 어쩌면 가장 솔직한 존재가 아닐까?'

국군이나 인민군 같은 바깥 세상 사람들보다 더 솔직하고 순수한 건 동막골 사람들이에요. 그리고 동막골 사람들보다 한층 더 솔직하고 순수한 존재는 다름 아닌 여일이죠.

여일의 말은 언뜻 바보스럽게 들리지만 알고 보면 늘 백퍼센트

머리에 꽃을 꽂고 다니는 소녀 여일은 정말 '광녀(狂女)'일까요? 자신의 버선을 벗어 인민군 소년의 얼굴을 닦아주는 여일. 어쩌면 그녀는 세상의 진실에 가장 근접해 있는 인물은 아닐까요?

진실만 말하고 있습니다. 서로에게 총구를 들이대는 남북의 병사들에게 "니들 쟈들하고 친구나?" 하고 툭 내뱉은 그녀의 말을 음미해보세요. 그녀는 국군과 인민군이 이미 마음의 문을 서로에게 열었음을 보았던 것이죠.

마을 사람들은 머리에 꽃을 꽂은 여일을 보고 '미쳤다'고 여기지만 정작 여일은 꽃으로 상징되는 평화를 숨김없이 사랑했던 존재라고 볼 수 있죠. 여일의 버선도 마찬가지입니다. 사람들은 더럽게 생각하는 버선. 하지만 여일은 그 버선을 벗어 비에 젖은 소년병 서택기의 얼굴을 닦아줌으로써 자신의 사랑을 가장 솔직하게 전했던 것이죠.

Q 동막골은 일종의 이상향, 즉 유토피아utopia라고 할 수 있다. 마을 사람들이 공동으로 일해 식량이나 생필품을 생산한 뒤 이를 각자의 필요에 따라 나눠 먹고 나눠 쓰면서 사는 동막골의 사회체제는 '공산주의共産主義 사회'에 가깝다. 자본주의 관점에서 동막골의 미래는 어떨까?

A 이런 동막골은 평화로워 보이지만, 근본적인 취약점도 있을 수 있다. 남보다 더 열심히 일할 만한 자극제incentive 혹은 동기motive가 없다는 점이다. 결국 동막골은 경쟁을 통한 발전을 기약할 수 없는, '평화롭지만 정체된' 사회의 모습을 띨 수 있다.

이권우의 영화 보고 글쓰기

글쓰기 3계명

고정관념을 깨고 독창적으로 생각하라

대학에서 강의하면서 놀랐던 것은 대학생들이 책을 읽지 않고 성장해왔다는 점입니다. 각종 통계자료가 이미 그 사실을 귀띔해주었고, 입시 중심인 우리 교육에서 책을 읽기란 쉽지 않은 일입니다. 그렇지만, 설마 이 정도까지 책을 읽지 않았나 싶을 정도로 책과 멀리한 삶을 확인하면서 큰 충격을 받았습니다. 글쓰기를 가르치면서 첫 리포트를 받고도 참 많이 놀랐습니다. 대학에서 내는 리포트라는 게 따지고 보면 독후감인 경우가 많습니다. 가능하면 서평 형식으로 써오길 바라지만, 그것은 고학년의 경우이지요. 정해준 책을 읽고 그 내용을 요약하고, 읽고 느낀 바를 쓰면 되는 것입니다.

그런데 리포트를 받아보면 가당치도 않은 경우가 많습니다. 어이없는 일은 인터넷에서 긁어 출력만 해서 제출하는 리포트입니다. 이런 리포트는 사실 확인을 거친 후 시험 성적과 상관없이 F학점을 줘버렸습니다. 책을 다 안 읽고 내는 경우도 있고, 친구들의 리포트를 짜깁기하는 일도 있습니다. 대학에 갓 들어와 다른 데 관심이 쏠리다 보니, 미처 책을 다 읽지 못해 벌어지는 일이라고 이해할 수도 있습니다만, 좋은 점수를 줄 수 없는 노릇이지요. 분명 표절이 아니면서도 처음에는 웃음이 나오다 나중엔 불끈 화가 나기도 했습니다. 리포트의 첫머리가 이런 식으로 시작합니다. '나는 평소 책을 읽어오지 않았다.' (속으로 제가 그럽니다. 아이고, 자랑이다!) '이번 리포트는 소설이기는 하지만 두 권짜리다. 끔찍했다. 그러다 리포트 마감일이 다가와 서둘러 읽었다.' (속으로 제가 그러지요. 이 글 뻔하겠구나!) '놀라웠다. 쉽고 재미있어 빠져들기 시작한 것이다.' (속으로 그럽니다. 야 이놈아, 내가 책 전문간데 어련히 알아서 골라주었겠냐!)

리포트 검토하면서 웃음이 나오지 않을 수 없지요. 솔직하기도 한 것 같고 순진해 보이기도 해서 그렇습니다. 그런데 왜 놀랐나 궁금해지시지요. 한두 명이 그렇게 글머리를 장식하는 게 아니기 때문입니다. 너도나도, 이놈저놈이 거의 비슷하게 써놓았습니다. 좀 과장하면 50퍼센트가 그렇게 쓴 경우도 있었던 것으로 기억합니다. (아, 이 기억이 제발 잘못되었기를!) 더 가관인 것은 글의 시작이 비슷하면 마무리도 유사했다는 점입니다. 물론 시작은 미약했으나 기대 이상의 선전을 하여 기분 좋은 경우도 왕왕 있었습니다. 하지만 그런 경우는 드물었고, 대체로 글은 이런 식으로 끝났습니다. '이렇게 좋은 책을 추천해주셔서, 책 읽는 맛을 알게 해주신 교수님께 감사!' 아부하는 것이겠지요. 자기 글에 자신없으니, 이렇게 해서라도 기본점수는 받고 싶은 마음의 한자락을 슬쩍, 보여준 셈입니다.

평소 책을 꾸준히 읽어오지 않고, 글을 기회 있을 적마다 써보지 않은 사람들의 글에는 공통점이 있습니다. 상투적인 글이 되더라는 것입니다. 뻔한 글, 그러니까 다 읽어보지 않아도 눈치챌 수 있는 글이거나, 지적 흥미를 끌 만한 대목이 없는 글을 쓰더라는 겁니다. 학생들이 낸 리포트가 대표적인 사례이지요.

그래서 저는 글쓰기를 가르치면서 힘주어 강조한 것이 독창적인 사유의 힘이었습니다. 그것이 반영된 글이 되지 않고는 읽는 이의 관심을 끌 수 없습니다. 많은 사람들은, 좋은 글은 화려한 문장과 색다른 비유법을 총동원한 문장으로 덧칠한 것이라 생각합니다. 좋은 문장과 기발한 비유법으로 쓰인 글이 좋은 글일 수 있습니다. 그러나 그런 것이 없더라도 좋은 글을 쓸 수 있습니다. 순박하고 수사가 없는 글이지만 우리가 좋은 글이라 인정하는 경우는 얼마든지 있습니다. 그런 글들의 공통점은 대체로 글쓴이의 독창적인 생각이 들어 있다는 것입니다.

독창적인 사유력이란, 다른 말로 하면 고정관념을 부숴버리고 자기만의 생각을 끝까지 밀고 나가는 힘을 일컫습니다. 사회적으로 널리 통용되고 있는 생각, 그러니까 통념 따위에 휘둘리지 않고, 설혹 그것이 이단적이거나 불온하더라도 충분한 근거를 바탕으로 자유롭게 펼쳐낼 때 많은 사람들이 좋은 글이라 치켜세우지요. 박노자, 진중권, 강준만 같은 이들이 많은 사람들의 호응을 얻는 이유가 여기에 있습니다.

글쓰기 초보자가 문인들이 쓴 글처럼 화려한 수사로 눈부신 글을 써야 한다고 생각하면, 글쓰기를 포기하게 됩니다. 문제는 문장에 있는 것이 아니라 생각하는 힘에 있습니다. 나만의 생각을 두려움 없이 자유롭게 펼쳐놓는 게 글이라 하면, 도전해볼 의욕이 생겨납니다. 좋은 글의 개념을 바꾸어야 하는 이유가 여기에 있습니다. 그런데 고정관념을 깨고 독창적인 사유를 펼친다는 게 어디 만만한 일인가요. 생각하는 힘을 키워야 하는데, 이를 위해서는 많이 읽고 두루 겪어보고 깊이 성찰해야 합니다. 제가 학생들에게 글쓰기를 가르치면서 책읽기의 중요성을 거듭 설파한 까닭이기도 합니다. 책읽기야말로 독창적인 사유력을 기르는 첫걸음이지요. 한 권의 책에는 자기만의 주장을 드러내놓고, 이를 설득하기 위한 논리가 펼쳐집니다. 그 맥을 잘 짚어나가다 보면, 그리고 무조건 추종만 하지 말고 비판적으로 읽어나가다 보면 어느새 생각하는 힘이 자라나게 되지요.

모든 견고한 것들에 맞서고, 이를 부수고자 하는 열망에 사로잡힐 때 비로소 좋은 글을 쓸 수 있습니다.

손끝으로 나누는 대화
글쓰기는 소통이다 VS

자폐아 초원이의 성장 이야기를 담은 영화 〈말아톤〉.
초원이는 마라톤을 하며 스스로 성장하고 다른 이들과 소통하게 됩니다.
한데, 왜 영화 제목이 '마라톤' 이 아니라 '말아톤' 일까요.

〈은하철도 999〉란 만화영화의 주제가를 부른 가수 김국환 님. 그가 부른 명곡 '타타타'를 아시나요? 이런 가사가 나와요. "네가 나를 모르는데, 난들 너를 알겠느냐……." 아, 정말 무릎을 탁 치게 되는 명언이에요. 결국 서로 마음의 문을 열고 상대와 내가 뜻을 나누는 '소통(疏通)'이 중요하겠지요. 흥행대박을 이루는 영화들엔 공통점이 있어요. 하나같이 관객과의 소통에 성공했다는 사실이지요. 글이라고 다를까요? 일기조차도 나 자신과의 소통을 애타게 원하는 글이랍니다. '통(通)'하였느냐!? '통'하는 영화란, '통'하는 글이란 과연 뭘까요?

손끝으로 나누는 대화

말아톤 | 감독 정윤철 | 2005

"초원이 다리는?"(엄마)

"백만 불짜리 다리!"(초원)

"몸매는?"(엄마)

"끝내줘요!"(초원)

이토록 짧은 대사 하나로 우리를 웃기고 또 울리는 영화가 있을까요? 자폐아의 성장 이야기를 담은 영화 〈말아톤〉은 우리가 잊고 지냈던, 작지만 소중한 감각을 일깨워줍니다. 그 감각은 바로 촉각이죠. 자폐아 초원이의 손끝을 스쳐가는 이름 모를 들풀, 초원이의 손바닥에 전해지는 심장 박동, 초원이의 눈가를 슬그머니 어루만지고 지나가는 산들바람, 그리고 초원이의 이마를 타닥타닥 때리는 빗방울…… 이런 작은 감각들이 새삼 아름답고 따스하고 위대한 신의 선물임을 느끼게 만드는 게 영화 〈말아톤〉이 갖는 감동의 뿌리인 것 같습니다.

조승우를 스타로 만든 영화 〈말아톤〉. 그런데 혹시 생각해보셨나요? 이 영화의 제목은 왜 하필 '마라톤'이 아닌 '말아톤'일까, 하고 말이죠. 자폐아 초원이가 일기장 '내일 할 일' 난에 적어넣는 단어 '말아톤'. 그 속에 담긴 심오한 의미 속으로 들어가볼까요?

다섯 살 지능의 스무 살 청년 _스토리 라인

자폐아로 태어난 초원이(조승우)는 이제 스무 살 청년이 되었습니다. 하지만 지능은 여전히 다섯 살 수준에 머물러 있죠. 초원이가 유일하게 재능을 보이는 건 달리기입니다. 그래서 어머니 경숙(김미숙)은 초원이로 하여금 '서브스리(마라톤 풀코스인 42.195킬로미터를 세 시간 내에 완주하는 것)'를 달성하도록 만든다는 목표를 세우고 초원이를 훈련시키죠.

어머니는 왕년의 유명 마라토너 정욱(이기영)에게 초원이의 코치가 되어달라고 부탁합니다. 음주운전 탓에 사회봉사 명령을 받은 정욱은 초원이가 다니는 특수학교에서 마지못해 사회봉사를 하고 있는 참이었죠.

세상을 부정적으로만 바라보던 정욱은 처음엔 심드렁하게 나오지만 점차 초원이에게 마음의 문을 열어가기 시작합니다. 초원이가 보여주는 엉뚱한 행동과 말 속에서 따뜻한 진심을 읽어냈기 때문이죠.

초원이는 드디어 마라톤에 참가하고, 꿈에 그리던 '서브스리'를 이뤄냅니다.

"초원이 다리는?" "백만 불짜리 다리!" "몸매는?" "끝내줘요!" 초원이와 엄마가 나누는 대화는 언뜻 즐거운 듯하지만, 알고 보면 서글퍼요. 엄마는 이런 기계적인 질문과 대답을 통해 초원이가 달리는 것의 고통을 스스로 망각하기를 바라죠.

초원이는 코치에게 마음의 문을 열면서 난생처음으로 외부 세계와 소통합니다. 이름 모를 들풀들은 초원이의 손끝을 통해 말을 걸어옵니다.

초원이, 마음을 열다 _주제 콕콕 따지기

초원이가 겪고 있는 장애는 자폐증입니다. 스스로 '자自', 닫을 '폐閉'. 다시 말해, 세상에 대해 마음을 꽉 닫고 절대로 열어주지 않는 증세죠. 영화 속에는 신경정신과 의사가 초원이에게 던지는 질문이 있는데요. 이 말을 통해 초원이를 평생 괴롭혀온 자폐증의 정체가 설명되고 있습니다.

"커다란 개가 초원이를 쫓아오고 있어. 초원이는 기분이 어떨까? 기쁠까? 슬플까? 화가 날까? 겁이 날까?"

이 질문에 초원이는 어떤 대답도 못합니다. 그건 초원이가 기쁨도, 슬픔도, 분노도, 두려움도 표현할 줄 모른다는 뜻이기도 하죠. 바로 자폐증입니다.

초원이가 "가슴이 콩닥콩닥 뛰어요"라면서 코치의 손을 제 심장에 가져가는 순간은 어찌나 감동적이던지……. 어쩌면 '사랑'보다 소중한 건 '소통'일지 모릅니다.

자신의 마음을 내보이지 않던 초원이는 어느 날 운동장을 죽기 직전까지 뜁니다. 초원이는 코치의 손을 잡고 자신의 터질 듯한 심장 위로 가져가죠. 코치의 손바닥에 느껴지는 '콩닥콩닥'거리는 초원이의 심장 박동. 바로 이 순간은 초원이와 코치가 결정적으로 하나가 되는 순간이라고 할 수 있습니다.

여기가 〈말아톤〉의 핵심입니다. 초원이와 코치가 서로에게 이렇듯 마음의 문을 여는 현상을 한 단어로 뭐라고 부를까요? 바로 '소통疏通' 입니다. 영어로는 '커뮤니케이션communication' 이라고 하죠. '소통' 이란 단어는 〈말아톤〉의 주제를 딱 한마디로 요약한 키워드입니다. 세상에 대고 여간해선 마음의 문을 열지 않던 초원이는 차츰 마라톤을 통해 코치와 소통하게 되고, 결국엔 세상과 소통하게 된다는 게 영화가 하고 싶은 말이죠.

그런데 〈말아톤〉에는 또 하나 아주 중요한 대목이 있어요. 그건 마치 하늘을 뒤덮은 먹구름 사이로 햇살이 살짝 내비칠 때처럼 초원이가 자신의 속내를 살짝 드러내는 순간이죠. 초원이가 코치에게 이런 말을 건넬 때입니다.

"가슴이 콩닥콩닥 뛰어요."

"비가 주룩주룩 내려요."

가슴이 콩닥콩닥 뛴다는 건 물론 오래 달려서 숨이 차다는 말이지만, 동시에 세상을 향해 문을 열기 시작한 자신의 마음이 설레기도 한다는 뜻이죠. 비가 주룩주룩 내린다는 표현 역시 '내 마음에

〈말아톤〉에서 가장 중요한 감각은 촉감입니다. 손끝으로 느껴지는 들풀과 빗방울의 촉감, 코끝을 스쳐가는 바람의 움직임을 통해 세상과 대화를 나누니까요. 하긴, 연인 사이에도 "사랑한다"는 한마디보다 따스한 입맞춤 한 번이 더 큰 말을 전하게 되는 경우가 많지요.

도 비가 내린다'는 뜻이기도 하고요.

물론 〈말아톤〉의 주제를 '장애를 딛고 일어선 자폐아의 인간 승리'라고 정리할 수도 있어요. 하지만 이건 너무 딱딱하고 촌스럽죠? 좀더 세련되고 논리적으로 생각해봅시다. 〈말아톤〉에서 진정 중요한 건, 초원이가 장애를 극복하고 '서브스리'를 달성하게 되는 '결과result'가 아닙니다. 초원이가 마음의 문을 열고 드디어 자기 삶의 주인공이 되어가는 '과정process' 그 자체인 거죠. 그렇다면 그 '과정'은 구체적으로 무엇을 의미할까요? 그렇습니다. 초원이와 코치, 초원이와 외부 세계가 갖는 '소통'인 것이죠.

세상과의 소통 _생각 팍팍 키우기

초원이는 어머니와 코치의 정성과 사랑으로 결국엔 '서브스리'를 달성합니다. 그렇다면 여기서 질문. 어머니와 코치는 초원이에게 도움을 주기만 하는 절대적 존재일까요?

생각을 완전히 뒤집어보세요. 영화에는 엄마와 초원이가 나누는 유명한 대사가 있죠.

"초원이 다리는?"(엄마) "백만 불짜리 다리!"(초원) "몸매는?"(엄마) "끝내줘요!"(초원)

이 대사를 어떻게 생각하나요? 재미있다고요? 웃긴다고요? 모두 맞습니다. 하지만 이 대사는 알고 보면 좀 슬픈 대사이기도 해요. 어머니는 "초원이 다리는?" 하고 반복적으로 질문하면서 거의 조건반사적으로 초원이가 "백만 불짜리 다리!" 하고 대답하도록 만들죠. 이건 초원이로 하여금 마라톤에 자신감을 갖게 하는 효과도 있지만, 다른 한편으로는 '백만 불짜리 다리니까 나는 죽을 때까지 뛰고 또 뛰어야 한다'는 의무감으로 초원이를 세뇌시키는 역할도 합니다. 아, 무서운 어머니…….

결국 초원이로 하여금 '서브스리'를 달성하도록 만듦으로써 자신이 초원이에게 매달려 살아오면서 감내해야 했던 정신적 · 육체적 고통을 보상받으려는 어머니의 심리가 작용하고 있다고 볼 수 있죠. 하지만 어머니는 이 목표가 정작 초원이가 아닌, 자기 자신을 위한 것이었음을 깨닫게 됩니다.

코치도 마찬가지입니다. 사실 코치는 세상에 부정적이다 못해 염세적(厭世的, 세상을 혐오하는)이었죠. 하지만 코치는 초원이에게 마라톤을 가르치면서 자기 스스로 세상을 따뜻하게 보듬어 안는 방법을 깨닫게 됩니다.

바로 이 점이 〈말아톤〉의 묘미입니다. 어머니와 코치는 초원이가 자폐증을 극복하도록 돕는 존재이지만, 달리 생각해보면 이들은 초원이의 도움을 받는 나약한 인간들이기도 하죠. 독선적인 자신만의 세계 속에 스스로를 가두어온 어머니와 코치 역시 초원이와 다를 바 없는 자폐적 삶을 살아왔던 것이고, 초원이는 이런 어머니와 코치를 해방시켜주었던 것입니다.

'말아톤' 과 '마라톤' _유연하게 생각하기

왜 하필 이 영화의 제목은 '말아톤' 일까요? 맞춤법에 맞게 '마라톤' 이라고 하지 않고…….

일단 이렇게 대답할 수 있어요. 초원이가 자신의 일기장 속 '내일 할 일' 난에 '말아톤' 이라고 잘못 쓴 것을 제목으로 그대로 가져온 것이라고 말이죠. 근데 이런 대답은 100점 만점에 25점짜리 대답이에요.

먼저 이런 질문을 우리 스스로에게 던져볼까요? '말아톤' 과 '마라톤' 은 뭐가 다를까?

'마라톤' 은 누구나 알고 있는 '보통명사' 로서의 마라톤이죠. 하지만 '말아톤' 은 뭘까요? 그건 초원이만 하고 있고, 또 할 수 있는 '고유명사' 로서의 마라톤입니다. 그렇죠?

자, 생각해봅시다. 초원이는 그동안 자신이 진정 원해서 마라톤을 해왔을까요? 결코 그렇다고 말할 수는 없죠. 엄마가 "초원이 마라톤 좋아하지?" 하고 물어도 초원이는 "네!" 하고 대답하고, 엄마가 "초원이 마라톤 안 좋아하지?" 하고 물어도 초원이가 "네!" 하고 대답하는 우스꽝스런 모습에서도 눈치챌 수가 있죠. 이 장면은 초원이가 스스로 마라톤을 정말 하고 싶은지 아닌지도 생각해 보지 않은 채 엄마에게 이끌려 뛰어왔다는 사실을 암시하고 있습니

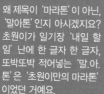

왜 제목이 '마라톤'이 아닌, '말아톤'인지 아시겠지요? 초원이가 일기장 '내일 할 일' 난에 한 글자 한 글자, 또박또박 적어넣는 '말.아.톤'은 '초원이만의 마라톤' 이었던 거예요.

다. 하지만 초원이는 점점 자신이 진정 마라톤을 원한다는 사실을 스스로 깨닫게 됩니다. 그리고 나서 초원이는 일기장 '내일 할 일' 난에 자신있게 '말아톤'이라고 적는 것이죠. 결국 '말아톤'은 단순히 잘못 쓴 것이 아니라 초원이의 진정한 의지가 흠씬 묻어나는 단어인 것입니다. 초원이가 난생처음으로 '나 스스로 뭔가를 하고 싶다'는 능동적인 의지, 즉 '자유의지'를 담은 단어라는 뜻이죠.

Q 영화 〈말아톤〉에는 초원이가 병적으로 집착하는 대상 두 개가 등장한다. 하나는 초코파이, 나머지 하나는 얼룩말 무늬다. 초코파이를 밥 삼아 먹을 정도로 초코파이에 남다른 집착을 보이는 초원이. 그는 또 얼룩말 무늬만 보면 이성을 잃는다. 얼룩무늬 치마를 입은 여자의 엉덩이를 자기도 모르게 쓰다듬었다가 성추행으로 오해받기까지 한다. 자, 그럼 '초코파이'와 '얼룩말 무늬'는 영화 속에서 각각 무엇을 상징할까? 한 가지 힌트. 초코파이와 얼룩말 무늬는 품고 있는 뜻이 알고 보면 완전히 반대란 사실.

A 먼저 '초코파이'의 숨은 뜻은 바로 '외부 세계에 대해 문을 꼭 걸어 잠근 초원이의 자폐적인 세계'이다. 초원이가 외부의 어떤 자극이나 명령이나 회유에도 반응을 보이지 않고 오로지 초코파이에만 집착하는 장면은 바깥 세계와는 철저히 단절된 초원이만의 세계를 보여준다고 할 수 있으니까 말이다.

마지막 장면을 보자. 마라톤 도중 쓰러진 초원이에게 누군가가 초코파이를 건네준다. 하지만 초원이는 초코파이를 거부하고 다시 일어나 행복한 웃음을 지으면서 골인 지점을 향해 달려간다. 이건 바로 초원이가 '자신만의 닫힌 세계'를 박차고 일어나 마침내 세상과 소통하게 되었다는 사실을 의미한다.

이제 '얼룩말 무늬'의 속뜻은 저절로 나온다. 얼룩말 무늬는 바로 '초원이의 마음속에 늘 살아 숨쉬던 자유'이다. 초원이는 비록 외부 세계에 대해 마음을 꼭 닫은 자폐아이지만, 마음속으론 자유를 꿈꿔왔다. 세렝게티 초원을 질주하는 얼룩말처럼……. 초원이가 서브 스리를 달성하는 마지막 장면을 보자. 얼룩말이 초원이 곁에서 함께 달리는 판타지 장면이 등장함으로써 초원이가 그토록 갈망해왔던 마음의 자유를 드디어 얻게 되었다는 사실을 보여주고 있다.

이권우의 영화 보고 글쓰기

글쓰기 4계명
글쓰기는 소통이다

책을 읽다가 울컥, 짜증이 솟아난 적이 한두 번 아닙니다. 자다가 봉창 두드리고, 귀신 씨나락 까먹는 듯한 소리를 늘어놓는 글 때문입니다. 대체로 이런 글을 쓰는 사람들 이력을 볼라치면 화려하기 짝이 없습니다. 세상 어느 곳에 내놓더라도 남부러울 것 없는 사람들이 쓴 글입니다. 그러다 보니, 때로는 과연 이 사람들이 독자와 소통하기 위해 글을 썼는가 의심스러운 적이 한두 번 아닙니다. 제 잘난 것을 다른 사람들에게 확인하려고 글을 쓴 것은 아닌가 하는 혐의도 듭니다.

저는 이런 글쓰기를 일러 '방언의 수사학' 이라 말합니다. 일상적인 언어와 달리 신과 소통하는 특별한 언어가 있다 하는데, 이를 방언이라 합니다. 말하는 사람과 신만 알아듣는 게 아니라 방언하는 사람들끼리 서로 알아듣기도 한답니다. 특별한 사람, 선택받은 사람들끼리만 통하는 언어이지요. 이런 말이 가치 없을 리 없지요. 신과 소통할 적에 일상어와 다른, 특별한 언어가 필요하기도 할 터입니다. 그렇지만, 이렇게 생각해봅시다. 방언을 하는 교회 목사님이 설교할 적에도 과연 방언으로 하실까요. 신이나 절대진리와 소통하는 언어가 따로 있더라도, 여기서 얻은 깨달음을 널리 전하기 위해서는 당연히 우리가 흔히 쓰는 일상언어를 구사할 수밖에 없습니다.

그런 점에서 저는 교양대중을 대상으로 한 책인데, 도통 무슨 말인지 알아들을 수 없는 책을 인정하지 않습니다. 이런 글을 쓰는 사람들은 자신이 학문세계에서 방언을 할 줄 아는 사람이라 뽐내고 있는 부류들입니다. 존경받고 칭찬받고 싶은 욕심이 넘쳐날 뿐 자기가 알고 있는 것을 뭇사람이 쉽게 이해할 수 있도록 이끌어주는 데는 별 관심이 없지요.

글을 쓰겠다고 마음먹었으면, 내가 알고 있는 것을 어떻게 표현해야 다른 사람들도 알아들을 수 있을까 고민해야 합니다. 조금 거창하게 말하자면, 앎의 민주화에 대한 의식이 있어야 합니다. 자고로 책의 역사가 결국은 앎의 나눔이었고, 이를 통해 진리를 특정 세력이 홀로 장악하지 못하게 해왔지요. 결국 읽는 이의 눈높이에 맞춰 글을 써나가야 한다는 것인데, 이게 말처럼 쉽지 않다는 데 그 어려움이 있습니다.

저는 이런 글쓰기를 방언의 수사학과 달리, '비유의 수사학'이라 말합니다. 아는 사람끼리만 알게 써버리는 것이 아니라, 모르는 사람도 조금만 노력하면 알 수 있도록 최대한 노력하는 글쓰기를 가리킵니다. 그렇다면 어떻게 해야 이게 가능할까요. 저는 그것이 비유에 있다고 봅니다. 은유와 직유를 통해 말해야 한다는 거지요. 아무리 어려운 것도 일상에서 흔히 보는 것에 빗대어 표현하면 훨씬 알아듣기 쉽습니다. 추상적이고 이론적이었던 것이 구체적이고 실제적으로 다가오지요.

물론, 이런 비유의 수사학에는 함정이 있습니다. 자칫 잘못하면 오해를 불러일으키고, 이것이 굳어지면 참된 이해를 가로막을 수 있기 때문입니다. 특히 과학 영역에서 이럴 수가 있습니다. 전문가들끼리는 수식으로 설명하면 가장 간단하고 정확하게 전달됩니다. 하지만 일반인들은 수식만 나오면 책을 덮어버립니다. 그러다 보니 일상에서 보게 되는 현상에 빗대어 그 법칙을 설명하려 듭니다. 그런데 이렇게 하면 이해는 되지만 아주 기본적인 사항에 해당하는 것만 알게 되고, 더 깊이 있는 내용에는 이르지 못하는 경우도 많습니다. 오히려 편견이나 오독을 불러오기도 합니다.

그러니까 노력해야 하고, 고심해야 하고, 조심해서 써야 합니다. 쉬우면 누구나 할 수 있는 것 아니겠습니까. 어려운 일인데, 반드시 해야 하니 의의 있는 일이기도 하지요.

'한반도 대운하'로 시끌벅적합니다. 문제가 되는 것들 가운데 하나가 조령산의 해발 110미터 높이에 25킬로미터짜리 수로터널을 뚫는 것이라고 합니다. 이렇게 말하면 문제의 심각성이 제대로 느껴지지 않습니다. 일상에서 흔히 보는 것에 빗대어 표현하면 훨씬 잘 이해되는데, 조령산 터널의 직경이 왕복 8차선 규모에 해당한다 말하면, 얼마나 큰지 알 수 있지요. 운하를 만들면 화물선이 물길 따라 오갈 텐데, 그 배의 길이가 대략 110미터에서 134미터라고 합니다. 그런데 이렇게만 말하면 실감나지 않습니다. 아파트 35~45층 높이라고 하면 얼마나 큰 배인지 알게 됩니다.

그래서 저는 쓰는 글의 갈래와 상관없이 우리가 쓰는 글은 모두 시와 같다고 생각합니다. 은유와 직유를 잘 버무리고 운율에 맞게 쓴 글을 시라고 합니다. 그리고 흔히 어느 글보다 시가 더 순수하고 차원 높은 글이라 여깁니다. 저는 그렇게 여기지 않습니다. 앎의 나눔을 위해 비유를 들어 설명한다면, 그 모든 글이 시라고 봅니다. 반론이 있을 수 있습니다. 그건 너무 지나친 과장이다, 시라고 하면 시에 맞는 형식이 있어야 한다, 라고 말입니다. 그럼, 양보하지요. 비록 시는 아니지만, 비유의 수사학으로 글을 쓰는 모든 사람은 시인이라고 말입니다.

가끔 주변 사람들이 문학에 콤플렉스가 있는 점을 발견합니다. 저는 그럴 적마다 절대 그럴 필요가 없다고 다독여줍니다. 중요한 것은 시인의 정신이지요. 그것은 결국 소통하고자 하는 강한 의지이기도 합니다. 앎을 나누어 함께 고민하려고 하는 사람은 모두 시인입니다.

우리 안의 소수 vs
열린 의식을 담아라

영화 〈엑스맨〉은 인간이 갖지 못한 능력을 타고난 소수의 이야기입니다.
슈퍼 파워를 지녔지만 남과 다르다는 이유로 엑스맨은 인간 세상에 숨어삽니다.
하지만 다르다는 이유로 차별받는 이들이 엑스맨뿐일까요.

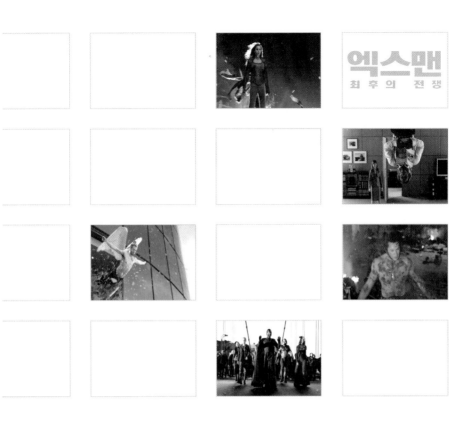

영화 vs 글

"쟤는 나랑 생각이 틀려!" 흔히 쓰는 말이지만, 잘못된 표현이죠. "쟤는 나랑 생각이 달라"가 옳지요. 이상하죠? 왜 우리는 '다르다'와 '틀리다'를 착각하는 경우가 많을까요? '다르다'는 건 '같지 않다'는 의미잖아요? 근데 왜 '옳지 않다'는 뜻의 '틀리다'와 동일시되는 걸까요? 왜 우린 나와 다른 건 '틀리다'고 낙인찍는 걸까요? 왜 우린 곤히 잠자다가도 누가 "대～한민국!" 하고 외치면 벌떡 일어나 "짜.작.작.작.작" 하고 손뼉을 쳐야 하는 걸까요? 맞서 싸우세요! 내 마음을 점령한 무시무시한 획일주의와……. 개성 있는 글도 그래야만 탄생해요.

우리 안의 소수

엑스맨 : 최후의 전쟁 | 감독 브렛 래트너 | 2006

〈X맨〉이라는 TV 오락프로그램 코너를 기억하시죠? 처음에 〈X
맨〉은 출연 연예인들이 자신들 속에 'X맨'이라는 이름으로 숨어
있는 단 한 명의 '간첩'을 가려내는 게임에서 출발했죠. X맨…….
무리 속에 숨어 정체를 드러내지 않은 채 잠행(潛行, 몰래 행동함)하
는 존재를 일컫는 말.

사실 이 단어는 영화 〈엑스맨〉에서 유래한 것입니다. 인간 세상
에 숨어사는 돌연변이들의 애환을 그린 이 영화에 등장하는 영웅
들은 참 이상한 영웅들이 아닐 수 없습니다. 그들은 '슈퍼맨'만큼
이나 슈퍼 파워를 가지고 있으면서도 타고난 능력을 스스로 끊임
없이 부끄러워하다 못해 저주하기까지 하니까요.

여러분, 혹시 아세요? '엑스맨'은 사회적 소수에 대한 놀라운 비
유란 사실을……. 영화 〈엑스맨〉 시리즈 중 가장 지적이고 스펙터
클한 〈엑스맨 : 최후의 전쟁〉을 살펴볼게요.

인간과의 공존 혹은 전쟁 _스토리 라인

　인간들 사이에 섞여 살고 있는 돌연변이들은 여전히 인간과 어울리지 못한 채 살아가고 있습니다. 어느 날 대기업 제약회사에서 돌연변이 치료제인 '큐어'가 개발됩니다. 큐어를 주사하면 돌연변이를 일으키는 X염색체가 치료되어 '정상인'으로 돌아올 수 있다는 것이죠.

　돌연변이들은 큰 혼란에 빠집니다. 많은 돌연변이들은 "태어날 때부터 돌연변이로 태어난 것이기에 돌연변이는 치료의 대상이 아니다"라면서 반발합니다. 하지만 그동안 인간들에게 억압과 멸시를 받고 살아온 돌연변이들 중 일부는 큐어를 주사해 영구히 인간들과 똑같은 외모가 되기를 희망하죠.

　인간과 돌연변이의 갈등이 증폭되는 가운데 돌연변이조차 두 그룹으로 양분됩니다. 인간과의 평화 공존을 주장하는 사비에 교수 측과 무장투쟁을 통한 돌연변이들만의 세상을 꿈꾸는 매그니토 진영이 그것이죠.

　금속물질을 제 마음대로 조종하는 초능력을 가진 매그니토. 그는 정부군에 붙잡혀 있던 자신의 부하이자 변신의 귀재인 미스틱을 탈출시킵니다. 매그니토 일행은 큐어를 지구상에서 아예 없애버리기 위해 큐어의 원천 성분을 지니고 있는 돌연변이 소년 지미

돌연변이, 고민에 빠지다.

돌연변이들의 특별한 재능은 신의 축복일까요, 아니면 저주일까요? '남과 다른 나의 모습'이 수학을 잘하거나 배우 장동건처럼 잘생긴 것이라면 고민이 없겠지요. 하지만 〈엑스맨〉 속 돌연변이들처럼 온몸에 털이 복슬복슬 나거나 커다란 날개가 돋아난다면 문제가 심각해지겠죠?

돌연변이 치료제라는 '큐어'가 발매되면서 돌연변이들은 양분됩니다. 큐어를 통해 '정상적'인 인간이 되길 갈망하는 돌연변이가 있는 반면, 인간들에게 끝까지 대항해야 한다는 과격파 돌연변이도 생겨났죠.

를 제거하려는 계획을 세우죠.

한편, 죽은 줄로만 알았던 '엑스맨(사비에 교수가 이끄는 정의로운 돌연변이 요원들의 집단)'의 멤버 진이 다시 살아 돌아옵니다. 하지만 진은 자신도 주체하지 못하는 분노의 에너지 때문에 결국 사비에 교수를 숨지게 하고 맙니다. 울버린(휴 잭맨)과 스톰(할리 베리)을 비롯한 엑스맨 멤버들은 매그니토 일행에 맞서 초능력 소년 지미를 지키고 인간과의 공존을 이루기 위해 최후의 전쟁에 나섭니다.

〈엑스맨〉 속 돌연변이 울버린(왼쪽)과 스콧(오른쪽)은 안타까운 운명을 타고났습니다. 감정이 북받칠 때마다 손등에서 칼을 뿜어내는 울버린과 시도 때도 없이 눈에서 강력한 광선을 뿜어내는 스콧. 둘은 아무리 사랑하는 여인일지라도 함부로 품거나 제대로 쳐다볼 수 없는 운명이죠. 아, 불쌍해.

영화 〈엑스맨〉이 돌연변이라는 존재를 통해 말하려 한 것은 무 엇일까요? 먼저 돌연변이들의 심정 속으로 깊숙이 들어가보아야 합니다.

돌연변이의 삶이란 어떤가요? 애당초 돌연변이 유전자를 지니 고 태어난 탓에 특별한 외모와 능력을 갖고 살 수밖에 없는 운명입 니다. 다시 말해, 돌연변이들은 필연적으로 인간과 '다른different' 것입니다. 하지만 인간들은 돌연변이들이 자신과 '다르다'는 객관 적인 사실을 인정하려 들지 않습니다. '다른' 대상이 아니라 '나쁜 bad' 혹은 '잘못된wrong' 존재로 인식하지요. 그래서 돌연변이들 과 함께 살려고 하는 대신 그들을 배척하려 듭니다. 심지어 큐어라 는 신약을 만들어 돌연변이들을 아예 지구상에서 말살시켜버리려 합니다. 이에 돌연변이들은 고통과 외로움에 빠지면서 자신의 운 명을 저주합니다.

자, 돌연변이란 존재를 두고 곰곰이 생각해보세요. 선택의 여지 없 이 남과 다른 모습으로 태어났기 때문에 주류집단으로부터 억압받으 며, 그래서 자신의 모습과 능력에 열등감을 느끼면서 남들과 똑같아 지려고 눈물겨운 노력을 하는 존재……. 이들 돌연변이와 유사한 존 재로 어떤 이들이 있을까요?

돌연변이들은 혹시 지금 이 시대에도 존재하는 어떤 사람들에 대한 은유는 아닐까요? 다른 사람과 똑같은 모습으로 변신하는 능력을 가진 돌연변이 미스틱. 그러나 치료제를 맞고 특별한 능력을 상실한 그녀의 모습은 무기력해 보여요.

흑인이 그렇고, 배우 홍석천과 같은 동성애자들이 그러하며, 가수 하리수와 같은 성전환자(트랜스섹슈얼)들이 또한 그렇습니다. 선천적인 장애를 안고 태어난 장애우들도 다르지 않지요. 이들은 태어날 때부터 남과 다른 성향 혹은 외모를 갖고 태어났지만, 그런 '다름' 때문에 주류사회로부터 차별받는 운명을 감수하며 살아야 합니다. 그렇습니다. 〈엑스맨〉 속 돌연변이들은 바로 '사회적 소수'에 대한 알레고리(allegory, 넌지시 비유적으로 표현함)였던 것입니다.

결국 이 영화는 우리 사회가 사회적 마이너리티(minority, 소수)의 외로움과 슬픔을 껴안고 그들과 조화를 이루며 살아야 한다는 주장을 돌연변이들의 존재를 통해 말하고자 하는 것이죠. 돌연변이들, 그들은 '비정상'이 아닙니다. '나쁜 것'도 아닙니다. '잘못된 것'도 아닙니다. 단지 우리와 '다른' 존재일 뿐이죠.

백인과 흑인의 갈등 _생각 팍팍 키우기

돌연변이들이 '사회적 소수'를 은유한다는 사실말고도 〈엑스맨〉에는 정말 중요한 상징들이 곳곳에 숨어 있습니다.

우선 영화의 첫 장면을 볼까요? 이른바 돌연변이 치료제라는 '큐어'. 이 신약을 발명한 제약회사 사장의 아들인 워렌이 쓰디쓴 고통을 겪는 장면으로 시작합니다. 그 자신이 돌연변이로 태어난 워렌은 등에서 자꾸만 돋아나는 날개를 잘라내고 또 잘라내면서 살아왔습니다. 너무나 끔찍한 장면이 아닐 수 없습니다. 워렌은 날개가 돋는 자신의 몸을 스스로 선택할 수 없었기 때문이죠.

여기서 눈여겨보아야 할 대상이 큐어입니다. 인간들은 큐어를 '돌연변이 치료제'라고 표현했습니다. '돌연변이'를 '치료'한다……. 이 말은 곧 돌연변이가 '치료'의 대상이란 뜻이므로, 돌연변이를 '질병disease'으로 보는 시각이 고스란히 드러나는 말이기도 합니다.

생각해보십시오. 영화 속 돌연변이들의 외모와 능력은 질병일까요? 흑인으로 태어난 것이 질병일까요? 남자로 태어났지만 여자보다는 같은 남자를 사랑하고 싶은 마음을 가진 것이 과연 '아픈 것'일까요? 그들은 모두 태어나면서부터 자신에게 주어진 모습 혹은 성향을 운명적으로 뿌리칠 수 없는 존재일 뿐입니다. 결국 큐어는 인간 사회가 사회적 소수를 있는 그대로 인정해주기보다는 편견에 가득 찬 저주의 시각으로 바라보고 있다는 사실을 드러내주는 단서라고 할 수 있죠.

이번엔 사비에 교수와 매그니토에 대해 깊이 생각해볼까요? 이들은 모두 사회적 소수인 돌연변이들을 이끄는 지도자입니다. 두 사람 모두 나무랄 데 없는 리더십과 능력을 갖췄지만 서로 지향하는 바가 다르죠. 사비에 교수는 '돌연변이들이 타고난 능력을 발휘함으로써 인간과 공존할 수 있는 세상'을 꿈꿉니다. 반면 매그니토는 "인간에 의해 돌연변이들이 말살되기 전에 무력으로 맞서자"고 주장하죠.

바로 이 대목에서 떠오르는 인물들이 없나요? 사회적 소수를 이끄는 두 명의 지도자 중 한 명은 평화 공존을, 다른 한 명은 무력투쟁을 주장했던……. 맞습니다. 사비에 교수는 마틴 루터 킹 목사,

'엑스맨'은 선택하는 게 아니라 거절 못할 숙명이란 사실이 우리를 안타깝게 합니다. 등에서 자꾸만 돋아나는 날개 때문에 고통스러워하는 워렌의 모습에 우리 가슴이 찢어지는 이유입니다.

매그니토(왼쪽)와 사비에 교수(오른쪽)는 각기 '무장투쟁'과 '평화 공존' 입장을 대변하는 돌연변이 지도자들입니다. 미국의 역대 사회지도자들 중 이들과 매우 흡사한 인물을 한 명씩 찾아보세요.

매그니토는 말콤 X의 모습과 고스란히 포개집니다.

1960년대에 활동한 두 사람은 모두 '흑인의 인권'을 주장했지만, 그 방법론은 서로 반대였습니다. 마틴 루터 킹이 '비폭력 평화주의'를 주장한 데 반해, 이슬람교에 바탕을 두고 과격하고 급진적인 흑인해방운동을 펼친 말콤 X는 '흑백 분리'를 통한 흑인들의 독립을 외쳤죠.

이 영화는 동명의 만화를 원작으로 삼고 있는데요. 만화 《엑스맨》이 처음 발간된 시기도 마틴 루터 킹과 말콤 X가 왕성한 활동을 펼치던 1963년이었습니다. 당시 미국은 사회적으로 억눌려 있던 흑인들의 욕망이 일제히 분출되면서 혼란과 분열이 야기되던 시기였습니다. 만화 《엑스맨》은 백인 주류사회와 흑인 소수그룹이 벌이는 치열한 갈등을 인간과 돌연변이의 반목 상황에 빗대어 그려 냈던 것이죠.

저주냐, 신이 내린 선물이냐 _유연하게 생각하기

우리는 엑스맨들이 지닌 초능력에 대해 곰곰이 생각해볼 필요가 있습니다. 먼저 늘 고독하고 반항적인 모습의 울버린을 볼까요? 그는 아무리 치명적으로 몸을 다쳐도 금방 회복되는 능력을 가졌습니다. 때문에 그는 다른 인간들처럼 다치거나 죽지 않죠. 울버린은 이런 자신의 능력을 자랑스러워하고 뽐낼까요? 그렇지 않습니다. 오히려 그는 상처가 급속도로 회복되는 자신의 초능력을 저주합니다.

엄청난 파괴력을 가진 붉은 광선을 눈에서 쏟아내는 스콧. 자신의 능력을 저주하기는 스콧 역시 마찬가지입니다. 그는 자신이 사랑하는 그 누구도 제대로 쳐다보아서는 안 되는 기구한 운명을 탓하며 늘 검은 선글라스로 눈을 감추고 살아야만 하죠.

돌연변이 워렌도 다르지 않습니다. 날개가 돋아나는 그는 하늘을 훨훨 날 수 있는 능력이 있지만, 그런 자신의 장점을 오히려 치명적인 단점으로 여기면서 괴로워합니다.

이와 같은 내용을 종합해볼 때, 어떤 특별한 능력special power은 가치의 양면성을 가진다는 사실을 알게 됩니다. 돌연변이들의 능력이 좋은 목적으로 쓰인다면 그 자체로 '신이 내린 선물gift'이지만, 바로 그러한 능력 탓에 다른 이들과 쉽게 어울리지 못하고 외

엑스맨들은 결국 자신의 저주스런 능력을 인류를 위한 축복으로 환원시킵니다. 그들에겐 사랑의 힘이 있었죠.

톨이로 살아야 한다는 점에서는 '저주curse'이기도 한 것이죠. 미국 사회에서 흑인들이 타고난 유연성과 운동신경을 바탕으로 농구나 야구, 육상 같은 운동경기에서 탁월한 성과를 거두었지만 동시에 검은 피부는 그들 스스로를 백인 주류사회로부터 오랜 시간 동안 격리시켰던 원인이 되기도 했으니까요.

결국 마음먹기에 달렸습니다. 비록 사회적 소수로 태어났을지라도, 남과 다른 자신만의 특징을 '저주'가 아닌 '축복'으로 만들어낼 수 있는 힘을 가진 건 오직 자기 자신입니다.

이 영화의 클라이맥스를 기억하십시오. 돌연변이 울버린은 제몸이 뜯겨나가는 고통을 무릅쓴 채 파괴적인 에너지를 발산하는 진에게 한발 한발 다가가 그녀를 보듬습니다. 그렇습니다. 돌연변이의 고통을 진심으로 껴안을 수 있었던 건 같은 처지에 놓인 또 다른 돌연변이였던 것이죠. 우리가 우리 사회의 엑스맨들을 진정으로 끌어안을 그날을 기다립니다.

Q 영화 〈엑스맨〉에서 돌연변이들만의 세상을 꿈꾸는 과격파 지도자 매그
  니토는 1960년대 미국에서 급진적인 흑인인권운동을 이끈 말콤 X를
  빗댄 인물이다. 그런데 말콤 X는 왜 그토록 '희한한' 이름을 갖게 되
  었을까? 그의 성姓은 정말 'X'일까?

A 원래 말콤 X의 본명은 '말콤 리틀'이다. 그는 이슬람교에 입교하면
  서 자신의 성을 'X'로 바꾸었다. '리틀'이라는 성은 흑인들의 진짜
  이름이 아니라 단지 백인과 같은 방식으로 지어진 가짜 이름에 불과
  하다는 것. "당초 아프리카 대륙에 터잡고 살던 조상들이 미국에 노
  예로 잡혀오면서 자기 고유의 이름을 버리고 백인식 이름을 쓰게 되
  었다"면서 그는 흑인들의 빼앗긴 이름을 상징적으로 나타내기 위해
  자기 이름에 'X'라는 성을 붙였던 것이다. 앗! 그런데 여기서 말콤
  X의 'X'는 이 영화의 제목인 '엑스맨'의 'X'와도 겹친다. 정말 우연
  의 일치일까?

글쓰기 5계명

열린 의식을 담아라

　　　　　　방송국마다 텔레비전에서 우리말을 잘
못 쓰는 사례를 들고, 이를 바로잡아주는 프로그램이 있습니다. 가
끔 보다 보면, 아 정말 우리말을 제대로 알지 못하고 함부로 썼구
나, 하고 반성하게 됩니다. 10년도 넘은 이야기지만, 한 어른이 하
신 말씀이 기억납니다. 사람들이 영어 철자가 틀리면 창피해하면
서 우리 글 오자를 내면 그럴 수도 있다고 여긴다며 통탄해 마지않
으셨던 거지요. 지당하신 말씀이었습니다. 내 나라 말과 글을 홀대
하면서까지 외국어를 익혀야 하는지 저는 잘 모르겠습니다. 정치
나 경제가 예속되더라도 문화만은 스스로 서 있어야 하는데, 하는
아쉬움이 들지요.

　우리가 흔히 잘못 쓰는 말 가운데 '틀리다'와 '다르다'가 있습니
다. 사전을 뒤적여보면 '틀리다'는 "셈이나 사실 따위가 그르게 되

거나 어긋나다"라고 풀이되어 있습니다. 어릴 적, 틀리다는 말을 많이 썼던 것 같습니다. 시험을 보고 문제를 풀이하다 답을 맞히지 못한 것을 확인하면 "그 문제 틀렸네"라고 말했지요. '다르다' 는 "비교가 되는 두 대상이 서로 같지 아니하다"라 풀이되어 있지요. 가와 나의 성격은 너무 다르다, 라고 할 때 쓰는 말이지요. 그런데 '다르다' 고 해야 할 적에 '틀리다' 라고 말하거나 쓰는 경우가 많습니다. 주로 대화나 토론을 하다가 나랑 주장이 다른 사람을 일러 '너와 나는 틀리다' 라고 하는 겁니다.

'다르다' 라고 해야 할 대목에서 '틀리다' 라고 해서는 안 됩니다. 그것은 다른 것을 인정하지 않는 태도이고, 나만 옳다고 강변하는 것입니다. 이래가지고는 절대 다른 사람과 대화할 수도 없고, 함께 살아갈 수도 없습니다. 조금 거창하게 말해, 우리 사회가 통합력을 잃고 사분오열된 현상이 언어에 반영된 가장 대표적인 경우라고 할 수 있지요. 좋은 글은 섬세함에서 비롯됩니다. 예민하고 날카롭고 핵심을 찌를 때 비로소 좋은 글이라 평가받습니다. '다르다' 와 '틀리다' 도 구분하지 못한다면 그 사람의 촉수는 무딘 것이며, 좋은 글이 나올 수도 없습니다.

저는 글을 잘 쓰려면 자주 토론하는 것이 좋다고 말하곤 합니다. 이유는 이렇습니다. 많이 알아야 좋은 글을 쓸 수 있습니다. 모르면서 남에게 자기 생각을 드러낼 수는 없지요. 그러면 많이 알면 반드시 좋은 글을 쓸 수 있나요. 그건 아닙니다. 외국에 나가 박사학위를 받아왔다고 글을 잘 쓸 수 있는 건 아니지요. 오히려 이런 사람들 가운데 글을 잘 못 써 빈축을 사는 경우가 왕왕 있지요. 많이 알아도 잘 쓰지 못하는 이유는 어디에 있을까 생각해보았습니다. 말하자면 물꼬가 안 트인 것이지요. 가득 찬 그 무엇이 봇물 터지듯 터져나와야 하는데, 이를 위해서는 물길을 잘 잡아주어야 합니다. 이 과정 없이 곧바로 글을 쓰려 하니 잘 안 되는 거지요.

그래서 토론이 필요하다는 것입니다. 경험해보아서 알겠지만, 말하다 보면 전혀 생각지 못했던 아이디어가 솟아나기도 합니다. 나랑 생각이 다른 사람과 대화하다 보면, 근거가 부족한 부분이 무엇이고 미처 고려해보지 못한 사항이 무엇인지 드러납니다. 더욱이 이런 과정을 거치다 보면 생각의 뼈대가 세워집니다. 사실, 알고 있는 만큼 정리만 되면 글쓰기는 그리 어렵지 않습니다. 오히려 이런 경우 글을 폭발적으로 써낼 수 있기도 합니다. 오랫동안 우리 사회는 말하는 것을 금해왔습니다. 경박하고 천박한 사람이라 여겨온 경향이 있었지요. 그러다 보니 자기 생각을 말로 드러내는 데 약해왔던 것입니다.

그렇다고 글을 잘 쓰면 말도 잘한다는 것은 아닙니다. 유명한 작가들 가운데 눌변도 많고, 때로는 그것이 더 매력적으로 보입니다. 번지르르한 것보다 투박한 것이 매력 있을 때도 있지요. 제가 말하는 것은, 각별히 글쓰기 초보자들에게 해당합니다. 글을 쓰려면 꽉 막혀 답답한 적이 한두 번이 아니었을 겁니다. 똥 마려운 개처럼 끙끙대고 안절부절못하지만, 정작 글을 써내지는 못하지요. 앞서 말한 대로 물꼬가 터지지 않아서 그렇습니다. 이런 경우 토론하고 대화하다 보면 많은 도움을 받을 수 있습니다.

토론하거나 대화하는 것은 나와 의견이 다른 사람이나 집단이 반드시 있다는 것을 전제하고 있습니다. 그런데 다른 것을 틀리다고 매도해버리면, 토론이나 대화는 중단되고 맙니다. 여기서 멈추면 글쓰기 능력을 키울 수 없습니다. 틀린 것이 아니라 다른 것이며 나만 옳은 것이 아니라 다른 사람도 일리 있는 주장을 펼치고 있다고 여겨야 합니다. 더욱이 좋은 글은 '다르다' 라는 열린 의식을 담고 있습니다. 상대방의 주장을 틀렸다고 일방적으로 몰아치는 글은 동의하는 사람들 입장에서 속시원하기는 하겠지만, 더 많은 사람들의 동의를 얻어내지는 못합니다. 이런 글은 천박한 글에 들어갑니다. 다른 주장의 근거도 꼼꼼히 톺아보고, 그 주장에서 수용할 만한 근거를 찾아내고, 이를 아우르면서 자신의 주장과 근거를 내세울 때 세련되고 섬세하고 설득력 높은 글이 됩니다.

아직도 '다르다' 고 해야 할 부분에서 '틀리다' 고 말합니다. 그만큼 우리 사회가 성숙하지 못했다는 증거입니다. 좋은 글을 쓰고 싶은가요. 그렇다면, '다르다' 와 '틀리다' 의 차이를 알아내는 섬세한 민주의식을 길러야 합니다.

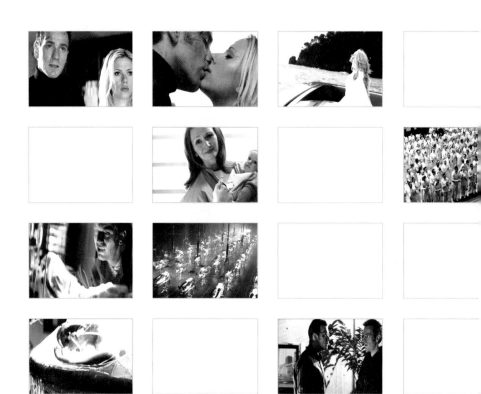

고정관념을 넘어서라
읽어야 쓸 수 있다

외부와 단절된 공간에 사는 복제인간들은 자신들이 지구 종말 후 살아남은
선택받은 인간들이라고 믿습니다. 영화의 제목 '아일랜드'는 이들이 가게 될
낙원의 이름입니다. 복제인간을 소재로 정체성이라는 문제를 살피는
일련의 영화와 다른 〈아일랜드〉의 문제의식은 과연 뭘까요.

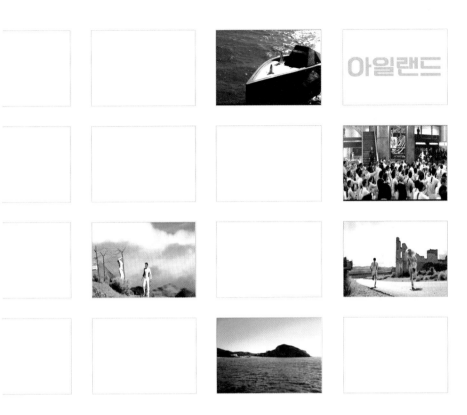

아일랜드

영화
vs
글

 '파블로프의 개'란 말 들어보셨죠? 개에게 밥을 주기 전에 종을 울리는 행동을 반복하면, 나중엔 종소리만 나도 개가 침을 흘린다는 실험이지요. 이걸 '조건반사'라고 부르는데요. 극장에서도 우린 '파블로프의 개'로 변하곤 해요. 무슨 망측한 얘기냐고요? 생각해보세요. 우린 '고정관념'이란 종소리에서 진정 자유로운가요? "인조인간을 소재로 한 영화는 십중팔구 '정체성'이 주제다"란 식으로 기계적 사고를 하는 건 아닐까요? 고정관념이란 높은 벽을 뛰어넘는 장대높이뛰기 선수가 되세요. 그러면 영화의 속살이, 글의 속살이 보입니다.

고정관념을 넘어서라

아일랜드 | 감독 마이클 베이 | 2005

　복제인간을 소재로 하는 영화들은 첨단 기술의 사회를 살아가는 우리에게 무거운 고민거리를 안겨줍니다. 〈에일리언〉, 〈글래디에이터〉로 유명한 리들리 스콧 감독의 문제작 〈블레이드 러너〉(1993년)가 인간보다 더 인간적인 복제인간을 등장시키면서 '과연 인간이란 무엇인가?'라는 존재론적 질문을 던지는 것처럼 말이죠. 스티븐 스필버그 감독의 영화 〈A. I.〉 역시 엄마를 찾아 헤매는 인공지능 로봇을 등장시켜 인간의 정체성에 관한 생각거리를 남깁니다.

　하지만 여기서 우리는 경계해야 할 것이 있습니다. 복제인간을 다룬 영화라고 해서 거두절미하고 주제를 모두 '인간 정체성의 문제'로 도식화해버리는 함정에 빠져선 안 된다는 것이죠. 이는 마치 일제 강점기에 쓰인 국내 시(詩)들의 주제는 따져볼 필요도 없이 '광복에의 희구(希求, 바라고 구함)'라고 말하는 것과 마찬가지입니다. 우리는 소재를 통해 주제를 속단해버리는 경우가 많습니다.

　이번엔 영화 〈아일랜드〉를 통해 보다 유연하고 정치(精緻, 정교하고 치밀)하게 사고하는 연습을 해봅시다. 이 영화 역시 인간 복제가 야기할 도덕적·윤리적 문제를 건드립니다. 하지만 〈아일랜드〉가 말하고자 하는 바는 다른 데 있습니다. 그건 과연 뭘까요?

인공적으로 배양된 클론들 _스토리 라인

2019년, 외부와 단절된 공간에 수백 명의 사람들이 일거수일투족을 통제받으며 살고 있습니다. 자신들이 지구 종말 후 운 좋게 살아남은 '선택받은 인간'들이라 믿고 있는 이들은 이성간 접촉이 엄격하게 금지될 뿐 아니라 먹는 음식과 잠자리, 컨디션마저 빈틈없이 통제받으며 생활하고 있습니다. 이들은 매주 발표되는 복권에 당첨되어 이상향인 '아일랜드'로 가게 될 날만을 손꼽아 기다립니다.

그런데 이들 중에는 약간 삐딱한 남자가 하나 있었습니다. 호기심 많은 이 사람의 이름은 링컨 6-에코(이완 맥그리거). '왜 먹고 싶은 베이컨을 못 먹게 하지?' 하고 사사건건 의문을 품던 그는 어딘가로부터 날아든 날벌레를 따라가다가 바깥 세상으로 통하는 출구를 발견하게 됩니다. 그는 아일랜드가 애당초 존재하지 않았으며, 자신들은 의뢰인들에게 장기를 제공하기 위해 배양된 클론(복제인간)이라는 충격적인 사실을 알게 되죠.

링컨 6-에코는 여자 복제인간인 조던 2-델타(스칼렛 요한슨)와 함께 탈출해 바깥 세상으로 뛰쳐나옵니다. 계속되는 추격을 받던 링컨 6-에코는 급기야 로스앤젤레스에 당도해 자신과 똑같이 생긴 복제인간 의뢰인인 바람둥이 톰 링컨과 마주치게 됩니다. 여러 차례 위기를 넘기면서 링컨 6-에코와 조던 2-델타는 진정한 자유를 되찾죠.

복제인간, 진짜 세상을 만나다.

새로운 세계로 가는 문의 열쇠는 바로 '호기심' 입니다. 복제인간인 링컨 6-에코는 어느 날 문득 '왜 매일 똑같은 옷과 음식을 먹어야 하지?' 라는 질문을 스스로에게 던지게 됩니다.

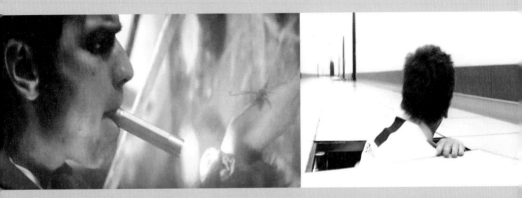

자신이 복제인간이란 사실을 알게 된 링컨 6-에코, 안온한 수용시설을 탈출한 그는 '진짜 세계'를 향해 질주합니다. 마음속 이상향인 '아일랜드'가 펼쳐지기를 고대하면서 말이죠.

자유를 향한 갈망 _주제 콕콕 따지기

'복제인간'을 다룬 영화라고 하면 우리는 기계적으로 '정체성正體性', 영어로는 '아이덴티티identity'라는 단어를 떠올립니다. 하지만 정체성이 이 영화의 유일한 주제라고 굳게 믿는다면, 그건 여러분도 이미 주입식 교육이 만들어낸 '복제인간'이 되어버렸기 때문인지도 모릅니다. 자, 고정관념을 벗어던지고 영화를 들여다보세요.

물론 〈아일랜드〉는 '나(복제인간)는 누구인가?'라는 질문을 담고 있으므로 '존재의 본질', 즉 정체성의 문제를 건드리고 있죠. 자기 스스로 '내가 누구인지'를 모르던 링컨 6-에코는 결국 자신이 복제인간이었다는 진짜 정체를 깨달아가니까 말이죠. 하지만 이 영화는 복제인간이란 소재에 빗대어 뭔가 더 본질적인 이야기를 하

링컨 6-에코는 바깥 세계 어디로부턴가 날아든 나방을 보면서 자유를 갈망합니다.(왼쪽) 진정한 자유와 해방의 세계인 '아일랜드'를 꿈꾸죠.

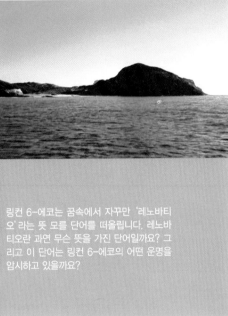

링컨 6-에코는 꿈속에서 자꾸만 '레노바티오'라는 뜻 모를 단어를 떠올립니다. 레노바티오란 과연 무슨 뜻을 가진 단어일까요? 그리고 이 단어는 링컨 6-에코의 어떤 운명을 암시하고 있을까요?

고 싶어합니다. '정체성'이라는 그럴듯한 단어보다 훨씬 더 중요한 키워드가 영화에 숨어 있는 거죠. 그건 뭘까요?

바로 '자유'와 '해방'입니다. 영화를 논리적으로 뜯어보세요. 링컨 6-에코가 진정 갈망하는 건 '나는 누구인가?'라는 질문에 대한 해답이라기보다는, 어서 밖으로 나가 진정한 자유를 누리고 싶다는 일종의 '해방감'입니다. 그가 몰래 잡아 유리병에 넣어 기르면서 늘 지켜보는 '날벌레'야말로 이런 링컨 6-에코의 마음속 열망

복제인간인 링컨 6-에코와 조던 2-델타가 처음으로 목격한 '진짜 세상'은 미친 듯이 작렬하는 태양과 무채색으로 도배된 황무지뿐이었습니다. 진짜 세상은 그들의 예상과 달리 더 쓰고 고통스러웠습니다.

이 깃든 상징이죠. 바깥 세상 어딘가에서 날아든 이 날벌레야말로 링컨 6-에코에게 자유롭고 싶다는 의지를 불태우게 만드는 촉매제 역할을 하니까요.

링컨 6-에코는 매일 정해진 시간에 선탠을 즐기고 수영과 각종 운동으로 몸을 다지고 몸에 좋은 영양소만 섭취하는 '수동적인 삶'에 대해 의문을 품습니다. '왜 화요일엔 꼭 두부를 먹어야 하지?' 하면서 늘 뭔가를 궁금해하다가 결국엔 현실에 반기를 들고 탈출을 감행하죠. 결국 그는 이런 안전한 삶마저도 그게 누군가가 강제적으로 부여한 삶이라면 진정 자신의 삶이 되지 못한다는 진리를 깨달은 것입니다.

링컨 6-에코가 매일 밤 라틴어로 '레노바티오Renovatio'라고 쓰인 멋진 쾌속정을 타고 드넓은 바다를 가르는 꿈을 꾸는 건, 그의 무의식 속에 꿈틀거리고 있는 '자유'를 향한 갈망을 은연중에 나타내고 있다고 볼 수 있습니다. '레노바티오'란 단어의 뜻은 '부활'이죠. 이 단어는 링컨 6-에코가 자신의 운명을 스스로 통제하지 못하는 '수동적인 삶'을 청산하고, 저 바깥 세계로 탈출해 진정 능동적인 인간으로 '부활'할 것이라는 사실을 암시하고 있는 거죠.

이 영화에서 가장 중요한 장면은 링컨 6-에코와 조던 2-델타가 가까스로 탈출에 성공한 직후 바깥 세상을 처음으로 보게 되는 순간입니다. 이들이 보는 바깥 세계의 첫 모습은 어떤 느낌인가요? 푸른 들과 아름다운 꽃들이 지천으로 깔리고 사슴과 토끼가 평화롭게 뛰노는, 그런 낙원의 모습이 아닙니다. 그와는 반대로 풀 한 포기 없이 무한히 펼쳐지는 황무지, 그리고 사정없이 내리쬐는 뜨겁고 메마른 태양이죠. 게다가 이들이 맨 먼저 목격하는 생물체는 보기에도 끔찍한 독사입니다.

왜 이 장면이 중요하냐고요? 여기서 등장하는 황무지는 그 속뜻이 너무나 다르기 때문입니다. 기존 영화들에서 황무지는 보통 '절망'의 상징이죠? 하지만 〈아일랜드〉에서 황무지는 오히려 '희망'의 상징입니다. 춤추는 자유의 상징입니다. 이렇게 무미건조한 황무지, 그리고 끔찍하고 무서운 독사일지라도 링컨 6-에코와 조던 2-델타에게는 더할 나위 없이 소중한 '자유의 세상'이기 때문이죠.

아일랜드는 우리 안에… _생각 팍팍 키우기

여기서 상상의 날개를 펴봅시다. 혹시 지금 이 세상에도 〈아일랜드〉 속 복제인간들과 다름없는 존재들이 있는 건 아닐까요? 통제된 사회에서 누군가가 부여한 질서에 따라 사는 것이 비단 복제인간들만 처한 상황일까요?

북한 동포들을 예로 들어보죠. 그들 중 다수는 링컨 6-에코처럼 누군가가 부당하게 만들어놓은 규칙과 질서에 억눌려 살면서도 '우리는 선택받은 존재'라는 잘못된 믿음을 강요당하죠. 마음속 진정한 이상향 '아일랜드'를 찾아 바깥 세계로 탈출하는 링컨 6-에코의 모습에는 목숨을 걸고 국경선을 넘어 탈북하는 북한 동포들의 안타까운 모습이 겹쳐집니다.

여기서 생각을 더 넓혀볼까요? 혹시 우리 자신 역시 누군가가 자신들의 편의를 위해 만들어놓은 체제나 법, 규칙, 질서의 희생자는 아닐까요? 여러분은 '왜 하루 세끼 밥을 꼭 먹어야 하는지', '결혼은 왜 해야 하는지' 생각해본 적 있나요? 우리 역시 〈아일랜드〉 속 복제인간 같은 존재는 아닐까요? 혹시 누군가가 "아일랜드로 갈 수 있어"라는 잘못된 희망으로 우리를 세뇌시키면서 억압적 질서나 규율을 강요하는 건 아닌지 한 번쯤 생각해볼 필요가 있습니다.

복제인간들은 결국 이상향인 '아일랜드'를 발견해냅니다. 알고 보니, '아일랜드'는 그들의 마음속에 있었죠. 서로를 믿고 의지하고 사랑하는 그들의 마음속에 말입니다.

결국 〈아일랜드〉에서 복제인간들은 그들 스스로의 힘으로 억압적 사회의 껍질을 뚫고 나왔습니다. 우연히 발견한 날벌레를 지나쳐버리지 않고 '도대체 어디서 온 걸까?' 라는 질문을 스스로에게 끊임없이 던지면서 외부 세계에 대한 꿈을 키운 링컨 6-에코와 같은 인물이 있었기 때문이죠. 새로운 세상을 발견한 링컨 6-에코와 조던 2-델타는 난생처음 맛보는 달콤한 키스를 나누면서 이런 말을 합니다.

"The Island is real. It is us."

아, 너무나 멋진 말이죠? "우리가 꿈꿔왔던 아일랜드는 정말로 있었어. 그건 바로 우리 자신이야'란 뜻이겠죠. 비록 복제인간들이 꿈꿔온 유토피아 '아일랜드'는 실제로 존재하지 않았지만, 링컨 6-에코와 조던 2-델타는 희망의 땅 아일랜드가 자유를 끝까지 포기하지 않았던 자기 자신 안에 자리잡고 있다는 사실을 알게 됩니다.

링컨 6-에코가 그랬던 것처럼 늘 '왜?' 라는 질문을 스스로에게 던져보세요. 어쩌면 깜짝 놀랄 새로운 세상이 열릴지도 모르니까요.

빈부 격차가 수명의 격차? _유연하게 생각하기

혹시 이런 생각 해봤나요? 〈아일랜드〉는 미래사회의 빈부 격차 문제 대해서도 의미심장한 암시를 하고 있다는 사실을……

자, 〈아일랜드〉에서 복제인간들은 왜 만들어질까요? 그건 '스폰서' 라 불리는 주인들이 복제인간을 전문적으로 만드는 기업에 "나의 복제인간을 만들어달라"고 주문했기 때문입니다. 자신이 불치병에 걸리거나 교통사고 같은 불의의 사고를 당했을 때 복제인간의 몸에서 장기나 피부를 떼어내 이식하려는 목적이었죠. 자신과 똑같은 유전자를 가진 복제인간에게서 장기를 이식할 경우 이른바 '면역거부반응' 을 걱정하지 않아도 되기 때문이죠. 면역거부반응이란 내 몸의 면역 시스템이 남의 장기를 침입자로 오해해 마구 공격하는 현상을 말합니다.

빈부 격차가 결국 수명의 격차로까지 이어진다니, 생각만 해도 섬뜩합니다.

그런데 〈아일랜드〉에서 복제인간을 주문하는 사람들은 누구인가
요? 부자들입니다. 부자들만이 복제인간을 만들 때 들어가는 막대한
비용을 감당할 수 있으니까요. 실제로 영화에 등장하는 복제인간들
은 모두 부자들 혹은 대통령과 같은 권력자들의 복제물이죠. 링컨 6-
에코는 톰 링컨이라는 돈 많은 디자이너의 복제인간이었고, 조던 2-
델타 역시 새라 조던이라는 유명 모델이 의뢰한 복제품이었습니다.

결국 〈아일랜드〉는 미래사회에도 여전히 존재할 빈부 격차가 '수명의 격차'로까지 이어질 수 있다는 사실을 시사하고 있습니다. 흑흑, 돈 없는 것도 서러운데, 오래 살지도 못하는 기구한 운명이라니요⋯⋯.

Q 영화 〈아일랜드〉에는 복제인간의 여러 모습이 나타난다. 그 중 복제인 간들이 보여주는 다음의 네 가지 모습은 과학적으로 생각할 때 진실일 까, 아니면 새빨간 거짓말일까?

① 복제인간은 아이가 아닌, 어른 상태로 캡슐에서 태어난다.

② 톰 링컨과 그의 복제인간인 링컨 6-에코는 지문이 똑같다.

③ 톰 링컨과 복제인간 링컨 6-에코는 서로 키가 다르다.

④ 복제인간인 링컨 6-에코는 한 번도 오토바이를 타본 적이 없지만 복제 의뢰자인 톰 링컨의 오토바이를 타자마자 톰 링컨처럼 능수능란 한 운전 솜씨를 발휘한다.

A 문제 ①은 ×. 성인을 그대로 복제하는 기술은 현재 과학기술로선 불 가능하다. 현재 이론적으로 가능한 인간복제기술은 체세포 핵 이식. 핵을 제거시킨 난자에 인간의 체세포 핵을 옮겨 심은 뒤, 이렇게 만 들어진 배아를 자궁에 넣어 태아부터 시작해 정상적인 임신기간을 거쳐 탄생시키는 방법. 결국 복제인간은 갓난아이 상태로 세상에 나 올 수밖에 없다.

문제 ②도 ×. 동일한 유전자를 가진 복제인간이라도 몸의 각 부분 이 만들어지는 분화과정에서 아주 작은 환경의 차이에 따라 그 결과 는 천차만별이다. 지문도 마찬가지. 임신상태에서 받는 약간의 충격 도 서로 다른 지문을 만들어낼 수 있다. 유전자가 동일한 일란성 쌍 둥이의 지문도 서로 다르지 않은가.

문제 ③은 ○. 후천적인 영양상태나 환경에 따라 키가 달라질 수 있다.

문제 ④는 ×. 인간을 복제하더라도 기억은 복제가 되지 않는다. 기 억은 경험의 산물이다. 단, 링컨 6-에코가 여느 복제인간들보다 더 빨리 오토바이 운전법을 배울 가능성은 있다. 그는 톰 링컨의 훌륭 한 운동신경을 물려받았을 가능성이 높기 때문이다.

글쓰기 6계명
읽어야 쓸 수 있다

잘 쓰려면 무엇이 가장 긴요할까요. 당장, 글쓰기 책부터 읽어나가기 시작해야 하나요. 여기저기 글쓰기 강좌가 열리고, 글쓰기 책이 쏟아져 나오고, 글쓰기의 중요성을 다룬 언론 보도를 보면서, 정작 중요하고 가치 있는 것은 가려지는 것이 아닌가 적이 불안한 마음이 들었드랬습니다. 그것은 마치 얼른 열매만 따려는 성급함이지, 묘목을 심고 거름을 주고 가지를 치는 과정은 생략되었기 때문입니다. 그 어려운 관문을 거쳐 대학에 들어온 학생들이 왜 글을 못 쓸까요. 제 고민은 거기에서 시작되었습니다.

절대 아이들 잘못이 아닙니다. 우리가 언제 교육과정에서 자발성과 창의성, 그리고 논리적 사유를 키워주는 수업을 베풀었던가요. 그래놓고는 논술시험 보라, 글쓰기 능력이 중요하다 몰아붙이는 격입니다. 그렇다고 중등교육과정에 글쓰기 교육이 없어서 대학생이나 성인들이 글쓰기를 못하는 것은 아닙니다. 더 근본적이고 더 중요하고 더 의미 있는 교육이 생략되어 있기에 그러하다고 보는 겁니다. 그것이 무엇이라고 생각하시는지요? 저는 그게 책읽기라고 봅니다. 도통 책을 읽지 않으니, 어찌 글을 쓸 수 있겠습니까. 책이란 저 깊은 곳에 가득 차 있는 지하수와 같은 것이고, 쓰기란 그것을 끌어올리는 펌프와 같은 것입니다. 글쓰기를 교육하면 효과는 나타납니다. 그러나 그것은 얕은 곳까지만 관을 묻은 격입니다. 당장 필요한 쓰임에는 유효하겠지만, 더 깊이 있는 글은 쓸 수 없습니다.

글을 가장 잘 쓰는 사람이 누구라고 보십니까. 저는 작가들이라고 봅니다. 그들이야말로 언어의 연금술사요, 마술사입니다. 그렇다면 누가 작가가 되는지요. 대체로 작가들에게는 유년의 삶에 깊은 상처들이 있습니다. 그것이 정신적이든 현실적이든, 일종의 트라우마가 있는 것이지요. 아마도 그들은 평생 글쓰기를 통해 이것을 치유해나가는지도 모릅니다. 좀 위험한 이야기이지만, 전쟁과 혁명을 겪고 난 이후 고전적인 작품들이 나오는 것을 보면, 한 개인이 견디기 힘든 경험도 문학의 중요한 자양분인 듯싶습니다. 그러나 여기에 책읽기가 보태지지 않으면 작가로 성장하지 못합니다.

책을 많이 읽은 사람이 작가로 자라납니다. 책을 읽으며 상상력과 표현력을 키워나갑니다. 그러다 무르익으면 이제 책 읽는 사람에서 책 쓰는 사람으로 탈바꿈합니다. 애벌레가 나비 되어 화려하게 비상하는 것이지요. 정말, 평소에 책도 안 읽고서 글 잘 쓰려는 마음은 칼만 안 들었지 강도짓과 다를 바 없습니다.

어디 글쓰기뿐이겠습니까. 영화를 보아도 빼어난 감독들은 평소 책을 꾸준히 읽어온 사람들임을 알 수 있습니다. 〈지옥의 묵시록〉이라는 영화 아시지요. 베트남전쟁을 배경으로 인간의 광기를 그린 놀라운 작품입니다. 이 작품이 배경과 공간을 전혀 달리하는 조셉 콘래드의 《암흑의 핵심》을 저본(底本, 원본)으로 했다고 알려주면 학생들이 깜짝 놀랍니다. 한 작품에 대한 깊은 이해가 창조적인 영화를 만들어냈다는 실증이 되지요. 〈매트릭스〉는 어떤가요. 이 영화에는 보드리야르의 책이 나오기도 하지만, 《장자》에 대한 이해 없이는 불가능한 영화 아니겠습니까. 〈아일랜드〉를 보면서도 역시 책읽기가 상상력의 근력을 키워주는 가장 긴요한 매체임을 다시 확인했습니다.

이 영화를 보다 보면, 그 얼개가 플라톤의 《국가》에 나오는 그 유명한 동굴우화와 상당히 유사하다는 사실을 눈치채게 됩니다. 지하동굴에 죄수가 갇혀 있는데, 벽만 바라볼 수 있었다지요. 횃불이 등뒤에 있었던지라 자신의 그림자만 볼 수 있었답니다. 이 그림자만 실제라고 여기게 되었지요. 그러다 죄수 한 명이 풀려나서 불빛을 확인하게 되었습니다. 처음에는 눈이 부셔 고통스러워했지만, 참된 것과 거짓된 것을 구별하게 됩니다. 대부분 동굴우화를 이 정도까지만 소개하는데, 《국가》를 직접 읽어보면 이야기가 더 나와 있습니다. 이 죄수를 억지로 끌고 가 동굴 밖으로 내보낸다면 어떤 일이 벌어지겠냐는 것입니다. 태양을 보았으니, 그 모든 것의 근원을 발견했을 터입니다. 참된 것을 깨달은 죄인은 동료들에게 이 사실을 전하려고 다시 동굴로 갑니다. 그렇다면 무슨 일이 벌어질까요. 《국가》에는 이렇게 기록되어 있습니다. "자신들의 손으로 어떻게든 붙잡아서 죽일 수만 있다면, 그를 죽여버리려 하지 않겠는가."

플라톤의 동굴우화는 여러 유명한 영화에 숨어 있기 때문에 새삼스럽게 말할 내용은 아닙니다. 하지만, 그 많은 영화들이 《국가》에 의존하고 있다는 것은 곱씹어볼 만합니다. 하물며 영화적 상상력의 뿌리에 책이 있다면, 글쓰기를 가능케 하는 근원이 무엇인지 확실해지기 때문입니다. 읽어야 쓸 수 있습니다. 그렇다고 무조건 읽어야 하는 것은 아니지요. 깊이 있게, 철저하게, 분석적으로, 그리고 비판적으로 읽어야 쓰는 힘이 키워집니다. 스티븐 킹은 이렇게 말했더군요.

"수천 시간에 걸쳐 글을 써보고, 수만 시간에 걸쳐 남들이 쓴 글을 읽어"야 한다고요.

이심전심으로 통하라 vs
자유롭되 일관되게 써라

남사당패 광대 장생과 공길은 서로 애틋한 사이입니다.
하지만 신분제도가 엄연한 사회에서 약자인 이들의 삶은 바람 잘 날 없습니다.
줄거리만 살핀다면 〈왕의 남자〉는 동성애를 다룬 듯하지만
자세히 살피면 영화는 이심전심의 세계를 암시합니다.

영화
vs
글

청바지에다 양복 상의를 입고 빨간 넥타이를 맨 남
자가 20년 전에 거리를 활보했다면, 그는 사람들로
부터 이런 간단명료한 평가를 받았을 겁니다. "미친
놈!" 하지만 오늘날 이 남자는 "포멀(formal)한 정장
과 캐주얼(casual)한 청바지를 '믹스 앤 매치' 하는
세련된 패션감각의 소유자"라는 상찬을 듣지요. 지
금은 퓨전(fusion)의 시대! 이질적인 것들이 서로 몸
을 진하게 섞어 새로운 생명력을 얻습니다. 안심 스
테이크에 고추장 소스가 얹히고, 소설과 만화가 뒤
섞여 '그래픽 노블'이 탄생하지요. 그럼 퓨전적인 글
쓰기란 뭘까요?

이심전심으로 통하라

왕의 남자 | 감독 이준익 | 2005

"좋냐?"(장생) / "좋아."(공길)

"뭐가 그리 좋냐?"(장생) / "그냥 다 좋아."(공길)

장생과 공길이 주고받는 아름답고 짜릿한 이 대사 기억나시죠? 영화 〈왕의 남자〉입니다. 제작비 100억 원이 넘어가는 블록버스터형 영화들과 달리, '단돈' 41억 원의 순제작비를 들여 만든 이 영화는 '300만 관객도 힘들 것'이라는 당초 예상을 깨고 1,230만 명이라는 기록적인 관객을 끌어모으면서 한국 영화의 힘을 증명한 경우입니다. 당시 무명에 가까웠던 배우 이준기는 이 영화에 '공길'로 출연해 일약 스타가 되었죠.

혹시 〈왕의 남자〉가 동성애에 관한 영화라고 생각하나요? 만약 그렇게 여긴다면 그건 이 영화 속에 등장하는 사랑을 진정 알지 못하기 때문인지도 모릅니다. 사랑의 전제는 단순히 남성과 여성이라는 이성異性이 아닙니다. 사랑의 전제는 '결핍'입니다. 자신에게 결핍되어 있는 무엇을 채우기 위해 끊임없이 누군가를 찾아 헤매는 것이죠. 그래서 사랑을 싹틔우는 건 '욕망'이 아니라 '외로움'이라는 말은 진실인 듯싶습니다.

광대와 임금, 그리고 내시 _스토리 라인

　　조선 연산조 시대. 남사당패 광대 장생(감우성)와 공길(이준기)은 서로를 아끼고 위하는 애틋한 사이입니다. 하지만 이들의 삶은 늘 양반들의 횡포와 검은 욕망 때문에 바람 잘 날이 없습니다. 변태적인 양반들이 공길을 탐내왔기 때문이죠.

　　장생과 공길은 양반사회의 꼭두각시로 전락해버린 자신들의 삶을 박차고 나오려 합니다. 더 큰 놀이판을 찾아 한양으로 향하죠. 재주를 타고난 장생과 공길은 한양에서 임금 연산과 애첩 장녹수의 비틀린 애정행각을 풍자하는 놀이판을 벌여 장안의 화제가 됩니다.

　　왕의 최측근인 내시 처선은 장생과 공길 무리를 왕궁으로 끌어들입니다. 이들 광대의 놀이에 마음을 쏙 빼앗긴 연산은 공길에게 남다른 눈길을 던지기 시작하죠. 처선이 주문하는 바에 따라 이들 광대는 탐관오리를 풍자하는 놀이판을 벌입니다. 급기야는 연산의 어머니인 폐비 윤씨가 억울하게 사약을 받고 죽어가는 모습을 담은 연극까지 공연합니다.

　　이에 연산은 그간 마음속에 꾹꾹 눌러 담아온 감정이 끓어오르기 시작합니다. 왕실의 법도를 내세우며 자신에게 무언의 압력을 가해왔던 조정 중신들에게 복수의 칼날을 갈면서 점차 광기에 사

128

광대패, 궁궐로 들어가다.

광대 공길은 양반사회가 품은 어두운 욕망의 희생자였습니다. 양반들의 손아귀를 피해 한양으로 간 공길과 동료 광대 장생. 왕의 애첩인 장녹수를 풍자하는 놀이판을 벌이던 그들은 내시인 처선의 눈에 들어 급기야 왕 연산 앞에 서게 됩니다.

운명은 왜 이리도 얄궂은 걸까요? 신랄한 공연을 통해 기만적인 사대부 중심 사회를 비판하고 왕의 응어리진 마음을 녹여주던 공길. 그는 어느 날 연산에게 진한 연민의 정을 느낍니다.

로잡히는 것입니다. '궁을 떠나야 할 시기가 왔다'는 사실을 직감한 장생은 궁을 나서려 하지만, 이미 연산과 연민의 정을 나누게 된 공길은 차마 발을 떼지 못합니다.

한편 임금을 공길에게 빼앗겼다는 생각에 마음속 독을 품은 장녹수는 공길에게 '왕을 모욕했다'는 누명을 씌워 공길을 제거하려 합니다. 이때 장생이 나서서 공길을 대신해 누명을 쓰지요. 장생은 두 눈을 잃는 처참한 형벌을 당하고 맙니다.

장님이 된 장생은 궁궐 안 외줄에 보란듯이 오릅니다. 공길을 향한 자신의 마음을 마지막으로 토해냅니다. 최후의 외줄타기를 하는 장생과 공길……. "그래 징한 놈의 이 세상, 한판 신나게 놀다 가면 그뿐. 다음 세상에서 광대로 다시 만나 제대로 한번 맞춰보자"는 장생의 외침과 함께 영화는 막을 내립니다.

장생과 공길은 외줄 위에서 마지막 교감을 나눕니다. "다음 세상에서 광대로 다시 만나 제대로 한번 맞춰보자"는 그들의 유언은 그 어떤 사랑의 고백보다 절실하죠.

나 여기 있고, 너 거기 있다 _주제 콕콕 따지기

　영화 〈왕의 남자〉를 통틀어 가장 중요한 대사 하나를 꼽는다면 과연 어떤 대사일까요? 아마도 이런 대사일 겁니다.

　"나 여기 있고, 너 거기 있어?"(장생)

　"아, 나 여기 있고, 너 거기 있지."(공길)

　장생과 공길이 '장님놀이'를 하면서 주고받는 이 대화 속에는 영화의 주제가 고스란히 농축되어 있습니다. 여기서 장생과 공길이 말하는 '여기'와 '거기'는 위치가 서로 다릅니다. 둘은 '여기'와 '거기'를 구분하지 못하고 서로를 찾아 헤매는 시늉을 하지요. 그럴 법도 한 것이, 장생과 공길은 각기 자기가 선 곳을 '여기'로, 상대가 선 곳을 '거기'로 인식하니까 말이죠.

　하지만 두 사람은 결국 어느 지점에선가 만납니다. 그러곤 포옹을 나누며 환하게 웃습니다. 이 장면은 바로 장생과 공길이 '여기'와 '거기'의 경계를 넘어 비로소 마음을 나누는 하나가 된다는 사실을 상징하는 순간이죠. '여기'와 '거기'라는 물리적인 거리의 차이도 결코 둘을 가로막을 수 없는 사이가 된다는 뜻입니다. 내가 저 사람이 되고, 저 사람은 또 내가 되는 관계…….

　하지만 여기서 생각을 멈추지 마세요. '여기'와 '거기'의 차이와 간극을 뛰어넘어 교감하는 사람은 비단 장생과 공길만이 아닙니다. 늘 외로움에 사무쳐 살아온 왕 연산과 평생을 사회적 소수인 광대로 살아온 공길도 서로를 자신과 동일시하면서 연민의 정을 느낍니다. 왕 연산과 환관 처선도 마찬가지입니다. 두 사람은 군신 관계를 떠나 서로가 상대의 심경을 헤아리며 무언無言으로 소통하는 관계잖아요? 처선과 광대패 역시 양반 중심 사회에서 꼭두각시로 살아야 할 자신들의 운명을 공유한다는 점에서 절망적인 동지 의식을 갖고 있지요.

이렇게 〈왕의 남자〉에 등장하는 중심인물들은 사회적 지위나 직업이 천차만별이지만 서로가 서로를 동일시하면서 심정적으로 의지하고, 또 소통하는 관계임을 알 수 있습니다.

자, 그럼 바로 이런 현상을 콕 집어 표현하고 있는 사자성어는 뭘까요? 바로 '이심전심以心傳心'이지요. '마음과 마음으로 서로 뜻이 통한다'는 뜻을 가진 이심전심이야말로 〈왕의 남자〉를 관통하

유아독존의 자리에 있는 임금 연산과 내시인 처선의 신분 격차는 그야말로 천양지차입니다. 하지만 그들은 마음속으론 서로 깊이 공감하고 동정하는 '대등한' 관계일지도 모릅니다.

눈을 잃은 장생은 "어느 잡놈이 그놈 마음을 훔쳐가는 걸 못 보고……"라면서 자신의 깊은 사랑을 고백합니다. 왜 사람이라는 어리석은 동물은 사랑하는 사람을 제대로 쳐다볼 수 없을 때 비로소 용기를 내어 사랑을 말하는 걸까요?

는 키워드입니다.

영화 마지막에 광대들이 들판을 뛰어가며 정겹게 이야기를 나누는 장면은 이심전심의 극치를 보여줍니다. 마치 광대 무리가 죽은 뒤 하늘에서 다시 만난 듯한 판타지 장면인데요. 여기서 광대들은 영화 초반에 장생과 공길이 나눴던 대화("나 여기 있고, 너 거기 있어")를 절묘하게 반복합니다.

"나 여기 있고, 너 거기 있냐?"

"어, 나 여기 있고, 너 거기 있지."

"아, 너 거기 있고, 나 여기 있는 거지."

"아이, 여기들 다 있어."

"나도 없고, 너도 없어……."

죽어서나 다시 만난 광대 무리는 '여기'와 '거기'라는 물리적 거리를 뛰어넘어 종국엔 '나도 없고, 너도 없는' 초월의 경지를 보여줍니다. 바로 이 대목에서 '여기'와 '거기'가 단순히 여기here와 '거기there'의 물리적 거리 구분만은 아니라는 사실을 알게 됩니다. '여기'는 이승, 그리고 '거기'는 저승으로 의미가 확대된다는 것이죠. '여기'와 '거기'의 물리적 구분과 장벽이 사라지듯이 장생과 공길은 이승을 뛰어넘어 저세상에서 만나 드디어 하나가 되는 것임을 암시한다고 볼 수 있습니다.

물론 이 영화의 주제어로 '이심전심' 대신에 '사랑' 혹은 '운명적인 사랑'을 떠올릴 수도 있습니다. 멋진 말이긴 하지만, 이런 키워드는 〈왕의 남자〉를 공길과 장생에 국한해서 영화를 바라볼 때만 합당한 말입니다. 공길과 장생뿐 아니라 연산, 처선도 영화의 주제를 짊어진 주인공들입니다. 이들은 모두 '이심전심'이라는 단어 아래서 한 가족이 됩니다.

마지막 장면. 천국에서 다시 만난 광대패는 '여기'와 '거기'의 구분을 초월해 영원한 하나가 됩니다. 그들은 급기야 '이승'과 '저승'의 경계까지 허뭅니다.

외줄타기 인생 _생각 팍팍 키우기

〈왕의 남자〉에서 빼놓을 수 없는 흥밋거리는 장생 일행이 펼치는 광대놀이입니다. 아찔한 외줄타기, 풍자와 해학이 넘치는 탈춤을 비롯한 남사당놀이는 그 자체가 볼거리인 동시에 등장인물의 심정과 다가올 운명을 암시하는 장치입니다. 지금부터 영화 속 놀이에 담긴 숨은 뜻을 하나하나 알아볼까요?

외줄타기 장생과 공길이 펼치는 외줄타기는 인생에 대한 흥미진진한 비유입니다. 인생은 어쩌면 외줄타기와 같은지도 모릅니다. 한 발짝만 헛디뎌도 나락으로 떨어지는 게 삶이니까요. 외줄타기는 어차피 자기 혼자 인생을 살아갈 수밖에 없는 광대들, 아니 인간들의 존재적인 외로움을 나타낸다고 볼 수 있죠.

외줄은 또 다른 의미도 지니고 있습니다. 외줄은 누가 타나요? 그렇죠. 장생과 공길이 함께 탑니다. 그러니까 외줄은 장생과 공길을 이어주는 운명의 끈이기도 하지요. 외줄은 진정 위태로운 공간입니다. 하지만 달리 생각해보면, 장생은 외줄 위에 있을 때 거의 유일하게도 공길을 향한 자기 마음을 토해냅니다. 장생은 외줄 밑에선 단 한 번도 공길을 "사랑한다"거나 "좋아한다"고 말하지 않습니다. 하지만 외줄 위에선 이렇게 흐느낍니다.

"어느 잡놈이 그놈 마음을 훔쳐가는 걸 못 보고……."

여기서 '잡놈'이란 연산을 지칭하겠죠? 그러니까 이 말은 "공길아, 임금이 너의 마음을 훔쳐가는 것을 내가 미처 깨닫지 못했구나"하고 탄식하는 것이나 다름이 없죠. 아, 이 얼마나 가슴 아픈 사랑고백입니까.

결국 장생과 공길이 나누는 사랑은 그들이 영화 마지막 장면에서 함께 하는 외줄타기만 같습니다. 정말 위태롭지만 그들은 결코 멈출 수가 없는 것이죠.

🔥봉사놀이 장생과 공길은 함께 눈먼 사람(봉사) 흉내를 내면서 "나 여기 있고, 너 거기 있지" 합니다. 이 봉사놀이는 두 사람이 나누는 사랑의 깊이를 암시하고 있습니다. 장생과 공길이 굳이 두 눈으로 확인하지 않더라도 마음속으로 진정한 사랑을 교감하는 관계임을 은유적으로 나타내는 것이지요.

하지만 이와 동시에 봉사놀이는 영화 후반에 일어날 끔찍한 운명의 사건을 암시하는 복선伏線이기도 합니다. 공길이 대신 누명을 쓴 장생이 사랑을 위해 자신의 두 눈을 잃는 가혹한 형벌을 달게 받는 장면 말입니다.

🔥아기놀이 왕 연산은 애첩 녹수의 치마 속으로 기어들어가는 놀이를 즐깁니다. 이는 어머니의 품속으로 돌아가고 싶다는 '자궁회귀子宮回歸' 본능을 상징하고 있죠. 녹수 역시 노골적으로 연산에게 "그래, 그래, 젖 먹자. 우리 아기, 배고프지?" 하면서 연산을 아기 취급합니다.

연산은 임금이라는 지존의 자리에 있지만 심리적으론 '갓난아기'에 불과합니다. 어릴 적 어머니인 폐비 윤씨가 사약을 받고 죽음을 맞았던 쓰린 경험을 평생 가슴에 품고 살아온 연산. 그는 사대부들이 공고히 쌓아놓은 기득권의 벽에 사방이 가로막힌 채 늘 질식할 듯한 삶을 살아온 '상대적 약자'였던 것이죠. 선왕 때부터 내려온 법도에 눌려 억압된 삶을 살아온 연산의 탈출구 없는 심정은 이런 대사에 고스란히 담겨 있습니다.

"처선아, 내가 왕이 맞느냐? 선왕이 정한 법도에 매여 사는 내가 왕이 맞느냐 말이다."

연산의 무의식세계에 봉합되어 있던 상처와 열등감을 광대패의 공연이 제대로 건드렸던 것이고, 비로소 연산의 광기는 폭발하게 되지요. 연산과 광대패가 신분의 격차를 뛰어넘어 동병상련(同病相憐, 어려운 처지의 사람끼리 서로 가엾게 여김)하는 것도 양자 모두 사대부 중

왕 연산이 애첩인 장녹수와 벌이는 '아기놀이'. 자궁회귀를 통해 고통스런 현실로부터 도피하고자 하는 연산의 내면이 읽히는 대목입니다.

심의 주류사회에서 박탈감을 느끼는 아웃사이더였기 때문입니다.

왕이 무슨 박탈감을 느끼겠냐고 반문할 수 있지만, 사실은 그렇지 않습니다. 대통령이라고 박탈감이 없을까요? 인간이라면 지위고하를 막론하고 누구나 박탈감을 느낍니다. 단칸방에 사는 사람은 아파트에 사는 사람이 부럽겠지만, 아파트에 사는 사람이라고 박탈감이 없는 건 아닙니다. 아파트가 어느 지역에 있느냐에 따라 땅값의 차이가 엄청날 테니까요. 그럼 같은 지역, 같은 아파트에 사는 주민들이라고 한들 열등감이 없을까요? 1층에 사느냐, 전망이 좋은 이른바 '로열층'에 사느냐에 따라 또 다를 것입니다. 이처럼 자신보다 상대적으로 더 나은 위치에 있는 사람을 향해 느끼는 끊임없는 박탈감을 '상대적 박탈감'이라고 합니다. 인간이 욕망의 동물인 한, 상대적 박탈감은 지구상에서 사라지지 않을 것입니다.

공길은 손가락인형놀이를 하면서 이런 혼잣말을 합니다.

"아래를 보지 마. 줄 위는 반 허공이야. 땅도 아니고 하늘도 아닌, 반 허공……."

그렇습니다. 우리네 인생은 지금 반 허공이나 다름없는 외줄 위 인생인지도 모릅니다. 하지만 얼마나 좋을까요. 장생과 공길처럼 위태로운 외줄을 나와 함께 밟아줄 누군가가 곁에 있다면 말입니다.

글쓰기 7계명
자유롭되 일관되게 써라

　　　　　　　바야흐로 퓨전의 시대인 듯싶습니다. 앞에 '퓨전' 자가 붙지 않으면 시대에 뒤처진 듯합니다. 서로 다른 것이라 여기면 굳건한 장벽을 쳐두곤 했지요. 서로 각자 영역에서 자기만 최고인양 떠벌리기도 했지요. 그런데 세상이 바뀌었습니다. 그 장벽이 슬그머니 사라지고, 서로 다른 영역이 서로에게 침투해 영향을 끼치고 있는 셈입니다. 팝과 오페라가 만나고, 역사와 상상의 영역이 섞이고, 발레와 비보이가 한 무대에 오릅니다. 굳이 시대의 유행 때문에 그러는 것은 아니고, 글쓰기에도 퓨전적인 것을 수용하여 더 재미있고 더 유쾌하게 만드는 법이 있습니다. 무얼까 궁금하시지요.

　　유의할 것이 있습니다. 글쓰기에서 퓨전은 아무래도 서로 다른 형식을 긴장감 있게 풀어나가는 것이라는 점입니다. 그리고 퓨전을 위한 퓨전은 아무런 의미도 없습니다. 중요한 것은 주제의식을 돋을새김하는 데 퓨전이 더 유용하기 때문에 활용한다고 여겨야 하는 것입니다. 거울이 햇빛을 너무 강하게 반사하면 그 거울을 들여다볼 수 없습니다. 이질적인 형식을 한 곳에 모아놓는 데 너무 치중하면 오히려 주제의식이 약해질 수 있고, 그렇게 되면 퓨전적으로 글을 쓴 의미가 없어집니다. 형식을 위한 형식이 아니라 주제를 위해 헌신하는 다양한 형식이어야 한다는 점입니다.

1980년대 황지우는 그런 점에서 퓨전시대를 예고한 시인이었습니다. 시에 구인광고나 만화 따위를 넣었던 것입니다. 지금 생각해보면 그리 실험적이지 않았으나, 당시에는 큰 충격과 화제를 낳았지요. 만약 그런 시가 주제의식을 강화하지 않고 재미있고 특이한 시로 여겨졌다면 황지우는 높이 평가받지 못했을 겁니다. 날카로운 풍자, 넉넉한 해학을 느낄 수 있기에 환영받았던 거지요.

한 편의 글을 쓰면서 하나의 형식에 너무 구애받을 필요는 없습니다. 써나가다 더 적절하다면 짧은 만화를 넣어도 됩니다. 영화사진이나 광고사진을 활용하는 것도 괜찮은 방법입니다. 자기 생각을 적절하게 표현한 글을 조금 길다 싶게 인용하는 것도 좋습니다. 글을 맺으면서 인상적으로 인용하기 위해 자신이 지금껏 한 말을 시 형식으로 풀어나가는 것도 좋을 듯합니다.

빗대어 표현하면, 보자기의 미학 같다고 할 수 있겠지요. 서로 다른 색깔과 크기의 헝겊들을 모아 하나의 독자적인 보자기를 만들어냅니다. 언뜻 보면 색깔이나 크기가 달라 흉한 듯하나, 잘 살펴보면 색채감이 풍부한 예술품이 되기도 합니다.

그렇다고 모든 보자기가 예술품이 되지는 않습니다. 색깔이나 크기를 어떻게 배열해야 더 미적일 수 있나 하는 점에 대한 고려가 잘 녹아난 것만 해당합니다. 마찬가지로, 퓨전 형식으로 쓰여진 글이 모두 흥미롭고 재미있지는 않습니다. 여러 형식이 겹쳐 있다 보니 복잡해 보일 수도 있고, 복잡한 만큼 전하고자 하는 주제의식이 현격히 약화될 수도 있습니다. 거기다 인용하거나 응용한 것들만 눈에 들어올 수도 있지요. 보자기가 단지 헝겊누더기가 아니라 예술품이 될 만한 그 무엇이 있듯, 퓨전적인 글쓰기에도 예술적 감각이 요구되는 것입니다.

가만히 보면 퓨전적 글쓰기는 미술에서 말하는 콜라주와 유사합니다. 이질적인 것들을 적절하게 배치해 자신의 메시지를 담기 때문입니다. 그런 점에서 이즈음의 글쓰기는 편집공학과도 관련이 깊어 보입니다. 쓸거리는 이미 널려 있는데, 그것을 어떻게 잘 구성하고 배치하느냐는 문제라는 뜻입니다. 과거에는 자기 힘으로 지식을 획득해야 글을 잘 쓸 수 있었습니다. 지식의 저장고가 바로 한 개인의 뇌에 집중해 있었던 것이지요. 그러나 오늘날에는 지식의 저장고가 네트워크 시스템에 담겨 있습니다. 누구나 가져다 쓸 수 있는 셈입니다.

그것이 퓨전이든 콜라주든 몽타주든 주제의식을 전달하는 데 적절하다면 다 써먹을 만하다 생각해야 합니다. 중요한 것은 논리적 일관성이지 형식의 경직은 아니라는 것이지요. 하지만 명심해야 할 것이 있습니다. 퓨전적 글쓰기를 하다가 자기가 전달하고자 하는 주제가 헷갈리거나 약화되는 것 같으면, 과감히 포기할 줄 알아야 한다는 것입니다. 예를 들어 오뎅꼬치를 떠올려보세요. 가운데 있는 긴 꼬챙이에 이러저러한 오뎅이 끼어 있어야 합니다. 만약 그렇지 않으면 오뎅꼬치가 될 수 없지요. 꼬챙이를 주제의식이라 여기면 될 성싶습니다.

글을 맛깔스럽게 만들어야 합니다. 그러나 거기에만 치중하면 안 됩니다. 그것들이 하나의 주제로 옹기종기 모여 있어야 합니다. 형식은 자유롭게, 주제는 일관되게!

영화 vs 글쓰기

우리 마음속의 진짜 두려움
키워드를 연결하라 VS

'킹콩' 하면 킹콩이 앤을 데리고 엠파이어스테이트 빌딩 꼭대기까지
올라가 전투기의 공격에 맞서 죽음을 맞는 장면이 떠오릅니다.
한 여자를 위해 목숨까지 바치는 킹콩은 다만 사랑을 위해 존재할까요.
그에게 다른 의미가 숨겨져 있는 건 아닐까요.

"손으로 달을 가리켰더니 달은 보지 않고 손가락 끝
만 쳐다보는구나……." '우매한 사람'을 일컬을 때
사용되는 이 법문(法文)은 영화를 보는 우리에게도
적용됩니다. 아니, 그게 무슨 말이냐고요? 영화가 전
하고자 하는 '진짜 의도'에는 무관심한 채 '감독의
손끝'만 바라본단 얘깁니다. 영화 〈킹콩〉에 등장하는
거대 고릴라를 보세요. 설마하니 그만한 고릴라가
진짜로 있을까요? 어쩌면 킹콩이란 존재를 통해 감
독은 뭔가 속 깊은 얘기를 전하려 했던 건 아닐까
요? 상징과 함축! 내 글을 강하고 매혹적으로 만드
는 쌍발엔진이랍니다.

우리 마음속의 진짜 두려움

킹콩 | 감독 피터 잭슨 | 2005

  영화 〈킹콩〉은 〈반지의 제왕〉 3부작을 만들면서 전 세계에 판타지 돌풍을 일으켰던 뉴질랜드 출신 감독 피터 잭슨의 리메이크 영화입니다. 이 영화는 '소년' 피터 잭슨이 평생 품어온 꿈을 실현시켜준 영화이기도 하죠. 아홉 살 때 그는 1933년에 만들어진 원작 영화 〈킹콩〉을 보고는 어머니의 털코트를 잘라 킹콩 인형을 만들면서 영화감독을 꿈꾸기 시작했으니까요. 정말 누군가의 꿈이 이뤄지는 순간을 목격하는 건 짜릿한 경험이 아닐 수 없습니다.

  어마어마하게 큰 고릴라가 102층짜리 엠파이어스테이트 빌딩을 기어올라가는 압도적인 장면으로 유명한 〈킹콩〉. 하지만 혹시 이거 아세요? 킹콩은 단순히 거대한 괴수가 아니라 우리 마음속에 숨어 있는 욕망이나 두려움이 형상화된 존재일 수도 있다는 사실 말입니다.

킹콩의 사랑, 그리고 죽음 _스토리 라인

　1930년대 미국 뉴욕. 일확천금을 꿈꾸는 영화감독 칼 던햄(잭 블랙)은 거리에서 매력적인 여성 앤 대로우(나오미 와츠)와 마주칩니다. 일자리를 잃고 헤매는 가난한 연극배우였던 그녀. 칼은 그녀를 설득해 자신의 새 영화 주인공으로 캐스팅합니다. 앤을 동반한 칼은 재능 있고 지적인 시나리오 작가 잭 드리스콜(에드리언 브로디)을 납치하다시피 데리고 항해를 시작하죠. 칼이 촬영장소로 점찍어둔 곳을 향해…….

　하지만 그곳은 무시무시한 곳이었습니다. 지도상에도 존재하지 않는 이른바 '해골섬'. 천신만고 끝에 해골섬에 당도하지만 안타깝게도 앤은 원주민들에게 붙잡히고 맙니다. 앤은 해골섬에만 사는 거대 고릴라인 '킹콩'에게 원주민들이 정기적으로 바치는 제물이 될 운명에 처합니다.

　결국 앤은 킹콩에게 제물로 바쳐집니다. 그런데 이게 웬일입니까! 제물로 바쳐지는 인간마다 갈기갈기 찢어 죽였던 킹콩은 이상하게도 자신을 전혀 두려워하지 않는 앤에게 마음이 끌리는 것이었습니다. 킹콩은 잔인무도한 공룡으로부터 목숨을 걸고 앤을 보호하고, 앤 역시 킹콩에게 따뜻한 마음을 품게 되죠.

　한편 앤을 사랑하게 된 작가 잭은 킹콩의 서식지로 몰래 들어가

거대 고릴라, 뉴욕을 짓밟다.

가난한 연극배우 앤 대로우. 영화감독 칼 던햄의 꾐에 빠진 그녀는 해골섬을 향해 촬영
여행을 떠납니다. 엉겁결에 항해에 동참하게 된 시나리오 작가 잭 드리스콜은 앤과 사랑
에 빠지고 말죠.

해골섬에 당도한 일행은 포악한 거대 고릴라 '킹콩'을 만나게 됩니다. 웬일인지 앤 앞에
서는 양처럼 유순해지는 킹콩. 킹콩은 목숨을 걸고 식인 공룡으로부터 그녀를 보호합니
다. 역시 사랑의 본질은 희생이로군요.

킹콩 149

앤을 구출하는 데 성공합니다. 하지만 성공에 눈이 먼 감독 칼은 앤을 미끼삼아 킹콩을 유인해 생포합니다. 그는 킹콩을 뉴욕으로 데려가 사람들에게 공개해 큰돈을 벌려고 하죠.

급기야 킹콩은 뉴욕의 극장을 빠져나와 도심을 쑥대밭으로 만듭니다. 앤을 애타게 찾아 헤매면서 말이죠. 천신만고 끝에 앤과 재회한 킹콩은 앤을 데리고 엠파이어스테이트 빌딩 꼭대기까지 올라갑니다. 전투기의 공격에 맞서 앤을 지키려던 킹콩은 결국 안타까운 죽음을 맞습니다.

절대적으로 '아름답다'는 것 _주제 콕콕 따지기

아, 너무나 감동적인 러브 스토리죠? 영화 〈킹콩〉은 앤과 킹콩
이 벌이는 러브 스토리가 핵심입니다. 주제는 물론 '사랑'이죠. 킹
콩은 죽음을 마다않고 금발미녀 앤을 지켜내는 감동적인 사랑을
보여주니까요. 하지만 참 이상한 일입니다. 영화에선 단 한 번도
앤이 킹콩에게 "사랑해"라고 말하는 순간을 발견할 수 없기 때문
입니다. 대신 앤은 그 어떤 사랑 고백보다도 강렬하고 진하고 영원
한 표현을 사용합니다. 그건 바로 "아름답다beautiful"는 말이죠.
바로 이 영화의 키워드입니다.

〈킹콩〉에는 결정적인 장면 두 개가 있습니다. 하나는 해골섬 내
킹콩의 서식지에서 앤과 킹콩이 석양을 함께 바라보는 순간입니다.
또 다른 하나는 무려 102층 높이인 엠파이어스테이트 빌딩 꼭대기
에서 둘이 함께 태양을 쳐다보는 장면입니다. 두 장면은 일견 대조
적입니다. 해골섬은 야생의 세계를 나타내지만, 반대로 엠파이어스
테이트 빌딩은 인류 문명의 최고치를 상징한다는 점에서 말이죠.
하지만 알고 보면 두 장면은 똑같은 이야기를 하고 있습니다. 수미
상응(首尾相應, 양쪽 끝이 서로 통함)을 이루고 있는 것이죠.

도시와 자연을 각각 상징하는 두 공간은 이질적으로 보이지만,
두 공간에 선 앤과 킹콩은 변함없는 모습입니다. 여전히 아름다운

"아름답지? 그래, 아름다워."
야생의 해골섬(왼쪽)에서나 문명의 상징인 뉴욕 엠파이어스테이트 빌딩 꼭대기(오른쪽)에서나 앤과 킹콩은 변함없이 사랑을 느끼고 있습니다. 아름다움을 함께 느낀다는 건 그 어떤 사랑의 느낌보다도 더 짜릿한 교감일지 모릅니다.

뭔가(석양)를 함께 바라보고 있는 모습이지요. 아, 로맨틱합니다. 사랑이란 이렇게 둘이서 한 곳을 바라보는 것이니까요. 두 장면에서 각각 앤이 킹콩에게 건네는 말은 똑같습니다.

"아름답지? 그래, 아름다워……."

맞습니다. 앤과 킹콩은 같은 곳을 바라보고, 또 함께 아름다움을 느끼면서 서로를 향한 사랑에 빠지게 된 것이죠. 이런 의미에서 영화의 마지막 부분은 중요합니다. 빌딩에서 떨어져 막 숨이 끊어진 킹콩에 대고 칼 던햄은 혼잣말처럼 중얼거립니다.

"It was beauty killed the beast."

이 대사는 일차적으로는 "야수(킹콩)를 죽게 만든 건 미녀(앤)였어"라는 뜻이겠죠. 의역을 하면 "킹콩은 미녀 때문에 죽었어"가 될 겁니다. 'beauty'라는 명사를 '미녀'라는 의미를 가진 보통명사로 해석했을 때 말이죠.

또 'beauty'를 '아름다움'이라는 뜻의 추상명사로 볼 때는 의미가 달라집니다. "킹콩을 죽인 건 아름다움이었어." 다시 말해 "킹콩은 아름다움 때문에 죽었어"라는 해석이 가능하죠. 야만과 본능의 삶을 살던 킹콩은 앤을 통해 아름다움에 눈뜨게 되었고, 결국그 아름다움은 야만의 괴수에겐 결코 먹어서는 안 될 정서적인 '독사과'가 되어 죽음을 맞게 했던 것입니다. 아, 너무 슬퍼요.

하지만 킹콩이 일방적으로 앤으로부터 아름다움의 의미를 학습했다고 단정하기는 어렵습니다. 어쩌면 앤이 속한 산업화된 뉴욕의 거리는 킹콩이 속한 야생의 땅보다 훨씬 각박하고 비인간적인 공간인지도 모릅니다. 킹콩이 난생처음 느낀 사랑의 감정이 킹콩으로 하여금 마음속 깊은 곳에 내재되어 있던 아름다움의 감정을 촉발시키도록 만든 촉매제 역할을 했다고 볼 수 있지요.

아, 완전한 사랑은 꼭 죽음으로 귀결되어야 하는 걸까요? 전투기의 기관총 세례를 받은 킹콩은 앤을 안전하게 내려놓은 뒤 빌딩 밑으로 떨어져 최후를 맞습니다. 킹콩을 죽인 건 '미녀'일까요, 아니면 '아름다움' 자체일까요?

킹콩의 정체는? _생각 팍팍 키우기

키 7.5미터의 고릴라와 금발미녀가 죽음을 초월한 사랑을 나눈다? 솔직히 말해 현실적으로 가당키나 한 일입니까. 말 그대로 '판타지(환상)'에 불과하죠. 하지만 우리는 이런 상상 속 사건의 껍데기를 벗고 들어가 숨은 의미를 찾아낼 수 있어야 합니다. 자, 킹콩은 상상 속에만 존재하는 거대 고릴라에 불과할까요?

먼저 이런 점을 생각해보죠. 킹콩이 등장하는 이 영화의 시간적·공간적 배경은 어떤가요? 1930년대 미국 뉴욕입니다. '1930년대 미국' 하면 '대공황'이 퍼뜩 떠오릅니다. 대공황……. 1929년 뉴욕 증권시장의 주가 대폭락과 함께 시작되어 1930년대를 엄습한 세계적 경제 불황을 말합니다. 영화 〈킹콩〉 도입부에도 대공황의 분위기가 상세히 묘사됩니다. 거리엔 실업자들이 넘쳐나고 배가 고픈 앤이 과일을 슬쩍 훔쳤던 것과 같은 생계형 범죄가 잇따르면서 미래에 대한 사람들의 불안감이 확산될 때였죠.

바로 여기입니다! 정체불명의 거대 괴물이 대공황 시기에 인류 문명의 상징인 미국 뉴욕을 쑥대밭으로 만든다는 것. 그리고 야만의 괴수가 산업화의 상징인 엠파이어스테이트 빌딩의 꼭대기까지 올라간다는 것.

사실 이런 영화의 설정은 인간이 이룩한 산업화, 더 크게 보자면

대공황기의 미국, 그 어수선하고 불안한 사회 분위기는 킹콩이라는 텍스트를 제대로 읽어낼 수 있는 중요한 근거가 됩니다. 야성의 상징인 킹콩이 인류 문명의 상징인 뉴욕을 쑥대밭으로 만든다? 이 속에 숨어 있는 의미는 무엇일까요?

인간의 물질문명이 한순간에 무너져 다시 야만의 세계로 돌아갈지도 모른다는 사람들의 불안감과 공포감이 킹콩이라는 상상 속 괴수를 통해 표현된 것이라고 볼 수 있습니다. 대공황기, 불확실한 미래에 대해 사람들이 저마다 품고 있는 두려움이 킹콩이라는 무시무시한 존재로 형상화되었다는 것이죠.

검은 킹콩과 새하얀 앤 _유연하게 생각하기

 참 궁금한 것이 있습니다. 앤을 처음 본 순간 킹콩은 왜 그녀를 해치지 않았을까요? 킹콩은 지금까지 자신에게 제물로 바쳐진 인간들을 남녀 불문하고 예외 없이 죽여왔는데 말이죠.

 논리적으로 추론해봅시다. 일단 앤이 금발미녀였기 때문이라는 추정이 가능합니다. 킹콩이 앤을 보자마자 가장 먼저 취한 행동을 눈여겨볼까요? 바로 앤의 금발머리를 손(앞발)으로 슬쩍 건드려보는 것이었습니다. 킹콩은 지금까지 자신에게 제물로 바쳐졌던 원주민 여성들과 달리 빛나는 금발과 흰색 피부를 가진 앤에게 호기심을 품게 되었음을 알려주는 장면입니다. '호기심'은 다시 '호의'로, '호의'는 다시 '사랑'으로 이어지고 깊어지면서 킹콩은 앤을 위해 목숨까지 아낌없이 내던졌던 것입니다. 앤이 만약 금발이 아니었다면, 백인이 아니었다면, 그리고 미인이 아니었다면 킹콩이 그냥 살려뒀을까요? 아마도 앤은 여타의 제물들과 마찬가지로 발기발기 찢겨 잔혹한 죽음을 맞았을 겁니다.

 감독 칼이 밝힌 바와 같이, 킹콩은 '아름다움을 느끼게 되었다는 사실 때문에' 죽었습니다. 이 말을 근거로 생각해보면, 킹콩은 그간 제물로 바쳐진 원주민 여성들에게선 아름다움을 느끼지 못했다는 이야기가 성립합니다. 바로 여기서 우리는 '아름다움'에 대해

이 영화가 갖고 있는 '위험한 편견'의 일단을 눈치챌 수 있습니다. 앤이 백인에다 금발이고, 게다가 시종 하얀 옷만 입는 까닭에 대해 곰곰이 생각해볼 필요가 있는 것입니다.

'검은색'에다 '수컷'에다 '야만'의 상징인 킹콩이 '새하얀 색'에다 '암컷'에다 '문명'의 상징인 앤을 위해 목숨을 바친다! 이러한 설정은 우리에게 어떤 장면을 떠오르게 하나요? 맞습니다. 흑인 노예가 자신의 '주인님'인 백인 아가씨를 지키기 위해 죽음을 마다하지 않는 전형적인 멜로드라마 한 편이 떠오릅니다.

영화 〈킹콩〉은 언뜻 보면 야수와 미녀의 아름다운 사랑 이야기 같지만, 이렇게 속을 들여다보면 '검은색 = 야만적인 것 = 미천한 것 = 흑인'의 등식과 '흰색 = 문명적인 것 = 아름답고 좋은 것 = 백인'이라는 등식이 몸을 숨기고 있다는 사실을 알게 됩니다. 이분법적이고 흑백 차별적인 위험한 고정관념이 숨어 있다고도 볼 수 있지요.

혹시 이런 생각에 동의하기 어렵다면, 다음과 같은 모습을 머릿속에 한번 떠올려보세요. 곱슬머리를 가진 까만 피부의 흑인 여성이 흰색 고릴라를 살리기 위해 목숨을 버리는 모습 말입니다. 어때요? 당장 우리 스스로가 쉽게 상상할 수 있는 장면은 아니잖아요? 그만큼 우리 역시 백과 흑을 '주종관계'로 보는 고정관념에 젖어왔던 것입니다.

물론 킹콩은 '원시 자연'을, 뉴욕은 '오염된 인간세계'를 각각

검은색인 킹콩이 새하얀 앤을 사랑하고 그녀를 위해 희생한다? '흰색을 위해 봉사해야 하는 검은색'이라는 서양인들의 오랜 고정관념은 킹콩 속에도 여전히 녹아 있습니다.

상징한다고도 볼 수 있습니다. 순수 자연이 인간의 탐욕에 희생되는 모습을 그렸다는 해석도 가능하죠. 하지만 이런 시각은 관습적으로 보입니다. 영화에 등장하는 대사나 설정들을 하나하나 뜯어보면 킹콩이란 존재는 인간 무의식 속 어떤 두려움의 존재를 빗댄 것에 더 가까우니까요.

영화 〈킹콩〉의 원작은 1933년에 만들어졌습니다. 그뒤 〈킹콩〉은 수차례 리메이크되었고 〈킹콩의 아들〉, 〈킹콩은 살아 있다〉, 〈킹콩 대 고질라〉, 〈킹콩의 역습〉 같은 아류작도 우후죽순 생겨났습니다. 왜 하필 〈킹콩〉에는 이렇게 많은 '짝퉁'들이 생겨날까요.

그건 〈킹콩〉이 위대한 불멸의 이야기를 담고 있기 때문입니다. 〈킹콩〉에는 가장 단순하면서도 가장 아름다운 메시지가 있습니다. 바로 '사랑'이죠. 사랑하는 여자를 위해 목숨을 바치는 남자…… . 아, 얼마나 감동적이고 영원한 생명력을 지닌 이야기인지요. 한낱 미물인 킹콩도 한 여자를 지키기 위해 목숨을 바칩니다. 하물며 인 간은 어떠해야 하겠습니까?

이권우의 영화 보고 글쓰기

글쓰기 8계명
키워드를 연결하라

글도 상징과 함축의 힘을 빌려 쓸 수 있
는 방법이 있습니다. 이름하여, 세 가지 키워드로 글쓰기입니다.
일반적으로 글쓰기 초보자들은 상당히 많은 양의 글을 써야 한다
는 중압감에 사로잡혀 있습니다. 말하자면, 처음부터 책 한 권 분
량의 글을 써낼 수 있는 능력이 부족하다고 느끼고 있는 것이지요.
그러나 정작 현실에서 요구되는 글쓰기의 분량은 그리 많지 않습
니다. 200자 원고지로 8매에서 10매 정도가 많습니다. 기업에서도
'원 페이지 프로포절'이라고, A4 용지 한 장에 기획안을 내도록
요구하는 경우가 흔합니다. 저 같은 경우, 신문에서 서평을 청탁받
을 때 일반적인 분량이 200자 원고지 8매 정도입니다. 사회적 영
향력이 큰 칼럼도 200자 원고지 8~10매라고 보면 됩니다.

많은 양의 원고를 소화할 수 없다고 지레 겁먹을 필요는 없습니

다. A4 용지 한 장 가득 채울 만한 깜냥만 있으면 어디 가든 글 쓸 줄 안다고 뽐낼 수 있다는 말이지요. 이렇게 말하면, 의아해하곤 합니다. 야구에 빗대어 말하면, 단타만 치는 타자가 되지 않을까 걱정하는 거지요. 홈런 치고 싶은데, 그 가능성을 아예 박탈하는 것은 아닌가 싶은 모양입니다. 기우입니다. 10장 정도의 분량으로 10개의 아이템을 소화하면 100장이 되고, 이것이 10개 모이면 1,000장이 됩니다. 시작은 비록 미약하나 끝은 창대해질 수 있다는 것이지요. 그리고 초보자가 한꺼번에 너무 욕심부리면 기대한 성과를 거두기 어렵습니다. 기초부터 탄탄히 다져나가야 마땅합니다.

　그럼, 세 가지 키워드로 글을 쓴다는 것이 무엇인지 설명하기로 하지요. A4 용지 한 장 분량의 글은 대개 다섯 단락으로 이루어집니다. 서론 한 단락, 결론 한 단락, 그리고 본론 세 단락이 되지요. 이때 본론 세 단락을 꾸미는 방법으로 세 가지 키워드를 활용한다는 뜻입니다. 키워드를 우리말로 풀이하면 열쇠말이 됩니다. 아무리 높고 단단한 문이라도 열쇠만 있으면 열 수 있습니다. 세 가지 키워드만 잘 활용하면 글쓰기라는 성채를 정복할 수 있지요. 키워드란 핵심어입니다. 그 자체가 한 단락의 내용을 상징하고 함축하지요. 마치 군주와 같습니다. 다른 것들이 이것을 향해 머리를 조아리고 복속해야 하는 것이지요.

　이런 상황을 글쓰기에서는 '단락의 통일성'이라고 합니다. 한 단락에는 하나의 주제문만 있어야 하고, 이런 주제문이 모여 글 전체를 통해 글쓴이가 말하고자 하는 대주제를 전달하는 것이지요. 글의 내용은 민주적으로 열려 있어야 마땅합니다. 하지만, 글은 상당히 전제적이어야 합니다. 한 단락은 하나의 소주제에 집중하고, 이 소주제들이 모여 대주제를 만들어야 합니다. 이탈이 있거나 빈틈이 있으면 좋은 글이 되지 않습니다. 반복하거니와, 키워드는 그 단락의 소주제문을 최대한 압축한 그 무엇입니다. 이런 키워드 세 개가 모이면 당연히 설득력 높은 본론이 만들어지지요.

　초보자들의 글을 읽으면 통일성이 떨어지고 횡설수설한다는 느낌이 자주 듭니다. 단락의 통일성을 꾀하지 못해서 그런 거지요. 키워드가 있으면 이런 실수를 피할 수 있습니다. 키워드와 관련 없는 글은 삭제하면 되기 때문입니다. 아직 감이 잡히지 않나요? 예를 들어 사교육에 대한 자신의 입장을 말한다고 합시다. 이럴 때 가장 먼저 사교육에 대해 말하고 싶은 것을 결정해야 합니다(이를 대주제문이라 하지요). 그리고 이를 뒷받침하는 주장으로 세 가지 키워드를 생각해내는 겁니다. 공교육 활성화와 입시제도 변화를 통해 사교육의 영향력을 줄여야 한다고 대주제문을 결정했다고 칩시다. 그렇다면 이제 대치동·조기유학·입시라는 키워드를 떠올릴 수 있겠지요. 각 키워드가 본론의 한 단락을 책임지는 것입니다. 그리고 이 키워드로 상징되는 것들을 풀어 설득력 있는 글을 만들어가는 것이지요.

　강의할 적에 저는 다음 식으로 설명했습니다.

"망망대해에 섬 세 개를 띄운다고 생각하자. 그런데 이것들은 고립무원이다. 이것으로는 아무것도 해낼 수 없다. 그러니, 언뜻 보아 전혀 상관없어 보이는 세 개의 섬을 논리적으로 이어주는 방파제를 쌓아나가자. 그런 다음 근거와 설명, 예증 등으로 구성된 흙을 가져다 붓자. 그러니까 논리의 간척사업을 벌이는 것이다. 그렇게 하다 보면 어느새 새로운 글의 땅이 나타난다."

세 가지 키워드는 브레인스토밍을 대체할 수 있는 방법입니다. 주제가 정해지면 떠오르는 아이디어를 쏟아내고 그 가운데 적합한 것을 골라내는 것이 브레인스토밍이지요. 이제, 이 방법에서 한 발짝 나아가보자는 겁니다. 시간도 절약되고 그만큼 효율도 높아집니다.

글쓰기의 성채를 향해 달려가고 있습니까. 세 가지 키워드를 장전해두십시오. 높고 견고해 보이던 그 성채를 무너뜨릴 수 있답니다.

생각을 비틀어라 VS
패러디 기법으로 글을 써보자

초록색 괴물 슈렉은 자신의 안식처를 지키기 위해
성에 갇힌 피오나 공주를 찾아나서요.
영웅의 모험담과 달리 왜 슈렉의 여행이 발칙하고 재미있을까요?

영화 vs 글

자기만의 멋진 생각을 하는 게 어렵다고요? 창의적으로 사고하고, 말하고, 글을 쓰는 게 도무지 어렵다고요? 걱정 마세요. 방법이 있어요. 이럴 땐, 남을 흠잡아보는 거예요. 실컷. 무슨 망발이냐고요? 남을 조롱하고, 남을 비꼬고, 남의 일거수일투족을 신랄하게 풍자해보세요. 그러다 보면 새로운 상상력과 창의성이 샘솟는답니다. 왜냐고요? 인간은 권위에 도전하고, 권위를 깎아내리고, 권위를 뒤집는 데서 짜릿한 쾌감을 얻는 존재거든요. 즐거운 본능, 패러디! 이런 짧고 당돌한 질문을 던지는 데서 패러디는 출발합니다. '도대체 왜지?'

생각을 비틀어라

슈렉 | 감독 앤드루 아담슨, 비키 젠슨 | 2001

초록색 괴물 슈렉의 모험과 사랑을 담은 컴퓨터 그래픽 애니메이션 〈슈렉〉을 기억하시죠? 배꼽을 잡을 만큼 웃기고 신나고 재미난 이 영화, 그런데 뭔가 이상야릇한 구석이 있어요. 보고 나면 어딘지 모르게 묵은 체증이 쑥 내려가는 듯한 기분이 샘솟으니까 말이죠.

왜 그럴까요? 이런 통쾌하고 후련한 느낌의 정체는 뭘까요? 그건 우리가 오랫동안 젖어 있던 고정관념과 상식의 견고한 벽을 이 영화가 사정없이 깨부수기 때문이에요. 〈슈렉〉은 아름답게만 보였던 기존 동화 속 이야기들에 '똥침'을 날리면서 전복顚覆적인 상상력의 진수를 보여줍니다. 그러면서 우리가 그간 눈물겹도록 낭만적이라고 여겨온 이야기들 속에 얼마나 위험한 편견과 고정관념이 도사리고 있었는지 깨닫게 해주지요.

못생긴 괴물, 슈렉 _스토리 라인

　슈렉은 늪지대에 사는 못생기고 얼굴마저 커다란 초록색 괴물입니다. 그는 더러운 진흙으로 샤워를 하고 애벌레를 쥐어짠 치약으로 이를 닦으면서 혼자 안분지족(安分知足, 편안한 마음으로 제 분수를 지키며 만족할 줄 앎)하는 삶을 살고 있죠.

　어느 날 고요한 슈렉의 안식처는 난장판이 되고 맙니다. 동화 속 주인공들이 수없이 몰려들어 시장판 같은 분위기가 되었기 때문이죠. 알고 보니 이들 동화 주인공은 파콰드 영주에게 삶의 터전을 빼앗기고 쫓겨나 슈렉이 사는 늪지대까지 밀려올 수밖에 없었던 것입니다.

　화가 머리끝까지 치민 슈렉. 그는 당나귀 동키와 함께 파콰드 영주를 찾아갑니다. 동화 주인공들로 어지럽혀진 자기 삶의 터전을 되찾게 해달라고 요구합니다. 파콰드는 "성에 갇힌 피오나 공주를 나를 대신해 구해와 나와 결혼하게 해주면 조용한 삶을 되찾아주겠다"고 약속하죠.

　슈렉은 공주를 구해오기 위해 험난한 길을 떠납니다. 하지만 이를 어쩌나. 무시무시한 공룡의 위협을 뚫고 공주를 구출하는 과정에서 슈렉은 그만 피오나 공주와 사랑에 빠지고 맙니다.

조용히 살고 싶었던 슈렉. 어느 날 동화 속 주인공들이 몰려들면서 그의 삶의 터전은 난장판이 됩니다. 동화 주인공들도 '떼거리'로 모이니 우스꽝스럽기 짝이 없네요. 〈슈렉〉은 이렇게 기존 동화들이 우리에게 심어온 고정관념에 '똥침'을 날립니다.

'무시무시한 괴물을 물리치고 공주를 구해낸다'는 점에서 〈슈렉〉은 여느 동화들의 연장 선상에 있습니다. 하지만 주인공 슈렉은 잘생기고 정의감 넘치는 동화 속 왕자들과는 백팔십도 다릅니다.

슈렉 **169**

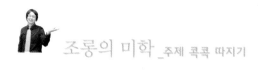

조롱의 미학 _주제 콕콕 따지기

　이 영화는 첫 장면부터 의미심장합니다. 화장실에서 '큰일'을 보면서 동화책을 읽던 슈렉. 그는 '옛날 옛적에 어여쁜 공주가 있었다. 공주는 마법에 걸렸고 진실한 사랑의 입맞춤만이 마법을 풀 수 있었다. 공주가 갇혀 있는 성은 입에서 불을 뿜는 무서운 용이 지키고 있었다' 는 동화책의 한 구절을 소리내어 읽다가 갑자기 책장을 북 찢어 휴지 대신 쓰윽 닦습니다. 그러면서 이런 말을 툭 내뱉죠.

　"씨나락 까먹는 소리 하고 있네. 믿을 걸 믿으라지."

　여기서 우리는 영화 〈슈렉〉이 지금껏 당연하게 받아들여온 동화 속 이야기들을 전면 부정하고 이리저리 신나게 비트는 장난을 칠 것

주인공이 구출하는 공주는 '당
연히' 예쁘고 연약해야 하는 거
아닌가요? 하지만 〈슈렉〉 속 피
오나 공주는 너무 다르네요. 공
중 이단옆차기를 날리는 '터프
소녀'인데다 밤이면 흉측한 얼
굴로 변하다니…….

이란 사실을 짐작케 됩니다. 자, 지금부터 〈슈렉〉이 우리가 익숙한
동화 내용들을 교묘하게 조롱하는 대목을 하나하나 꼽아볼까요?

외모 피오나 공주를 위험에서 구출하고 결국엔 그녀와 사랑
에 빠지는 남자, 슈렉. 그는 여느 동화 속 왕자처럼 '얼짱(얼굴이 잘
생긴 사람)'이 아닙니다. 오히려 '얼꽝(얼굴이 못생긴 사람)'이죠. 그는
인상만 써도 사람들이 걸음아 나 살려라 도망치게 만들 만큼 흉측
한 얼굴이지만, 마음속은 그 누구보다도 순수하고 따뜻합니다. '잘
생겨야 정의롭다', '못생기면 마음도 악하다'는 통념을 슈렉의 존
재를 통해 통쾌하게 뒤집어버리는 순간이죠.

피오나 공주도 마찬가지입니다. 그녀는 바람만 불어도 쓰러지는 연
약한 공주가 아닙니다. 공중정지 이단옆차기를 날릴 정도로 터프하
죠. 게다가 해가 지면 슈렉과 같은 흉측한 모습의 괴물로 변합니다.
피오나 공주는 '공주 = 연약하다 = 예쁘다'는 고정관념을 깨고 있죠.

동기 보통 동화 속에서 왕자가 위험을 무릅쓰고 공주를 구출하려 하는 이유는 뭔가요? 공주를 마법에서 해방시킴으로써 그녀와 영원한 사랑을 나누기 위해서입니다. 그런데 슈렉이 공주를 구출하는 이유는 뭔가요? 하루빨리 공주를 파콰드 영주와 결혼시켜서 다시 조용하고 안락한 자신의 삶을 되찾기 위해서입니다. 슈렉에겐 악을 물리치고 지구를 구한다는 원대한 꿈이 전혀 없습니다. 영웅담이 결코 아닌 거죠. 그저 혼자 조용히 방해받지 않고 살기를 바라는 극히 개인주의 individualism적인 이유에서 시작된 여정일 뿐입니다.

용龍 공주가 달아나지 못하도록 지키는 용은 통상 어떤 모습인가요? 불을 마구 뿜어내는 극악무도한 악당 아니겠습니까? 그런데 〈슈렉〉 속 용은 다릅니다. 처음엔 위악적으로 굴지만, 알고 보면 당나귀 동키를 보는 순간 사랑에 빠져 자신의 '본분'을 송두리째 잊어버릴 만큼 감수성 예민하고 사랑에 목숨 거는 나약한 존재로 묘사되

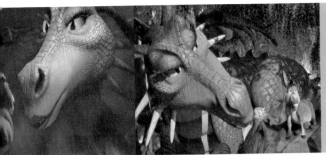

이게 어찌된 일인가요? 〈슈렉〉 속 용은 사랑에 목숨 거는 가슴 여린 암컷이었네요. 원래 동화 속 괴물은 포악해야 하는 거 아닌가요?

죠. 용의 성별이 드러나는 대목은 우리의 뒤통수를 사정없이 후려갈 깁니다. 기존 동화에 등장하는 흉측한 용들은 생각할 필요도 없이 '수컷(♂)'이라고 생각했었죠? 하지만 '슈렉' 속 용은 긴 속눈썹을 자랑하는 '암컷(♀)'이랍니다. 우리의 머릿속에 고착화된 '포악함 = 남자'라는 성性 통념을 영화는 통쾌하게 깨어버리죠.

고정관념은 껍데기에 불과해 _생각 팍팍 키우기

이 영화에도 〈백설공주〉에서처럼 '마법의 거울'이 등장합니다. 하지만 이 거울은 기존 동화 속 여주인공들을 우스꽝스럽게 비꼽니다. 신데렐라에 대해서는 "정신적 학대의 희생양"이라며 비아냥대고, 백설공주에 대해서는 "남자(난쟁이)가 일곱 명이라 관계가 복잡하다. 키스를 해줘야만 깨어나는 뜨거운 여자"라면서 비난의 화살을 퍼붓습니다.

사실 따져보면 우리가 익숙하게 여기는 서정적인 전래동화 속에는 얼마나 많은 사회적 편견과 선입견들이 숨어 있는지요……. 먼저 〈신데렐라〉를 볼까요? 알고 보면 신데렐라처럼 수동적인 인물도 없습니다. 그녀는 자신의 운명을 스스로 개척하기보다는 '운 좋게' 왕자의 눈에 들어 결국엔 결혼까지 '골인'한 케이스잖아요? 냉정하게 보자면 신데렐라는 외모 하나로 인생역전을 이룬 거죠. 왕자가 겨우 춤 한번 춰본 사이인 신데렐라에게 청혼하는 이유는 뭔가요? 단지 신데렐라가 예쁘기 때문이죠. 게다가 신데렐라는 왕자를 능동적으로 선택하는 것도 아닙니다. 왕자의 '간택'을 받기만 하면 줏대도 없이 무조건 "아, 네" 하고 결혼에 응해야 하는 건가요?

〈잠자는 숲 속의 미녀〉도 다르지 않습니다. 왜 동화 속 공주들은 꼭 멋진 이웃나라 왕자의 키스를 받아야 마법에서 깨어나는 거죠?

174

〈슈렉〉 속 '마법의 거울'은 백설공주의 거울과 너무나 다르네요. 진실을 말해주기보다는 주인에게 아첨만 떠는 '눈치 100단'의 거울이라니요. '누가 뜨거운 키스와 함께 나를 좀 안 구해주나' 하면서 따분한 표정으로 창 밖을 바라보는 공주의 모습을 보세요.

왜 여자는 꼭 돈 많고 집안 좋은 남자들에게 의존해야 자신의 운명을 바꿀 수 있는 걸까요? 게다가 이웃나라 왕자는 무턱대고 그녀에게 키스를 한 뒤 결혼하잖아요? 인륜지대사인 결혼을 어찌 그리 쉽게 외모만(그것도 잠자고 있는 외모만) 보고 결정할 수 있는 걸까요?

〈백설공주〉는 한술 더 뜹니다. 왜 계모는 꼭 악독하고 심술궂기만 하죠? TV 드라마 〈사랑과 야망〉을 기억하세요? 여기선 계모가 친엄마보다 더 자녀를 위하고 사랑하잖아요? 요즘처럼 이혼과

재혼, 대안가족이 많은 시대에 혈연만 고집하는 시대착오적인 편견은 아닐는지요. 또 있습니다. 왜 백설공주는 비가 오나 눈이 오나 자기 곁을 지켜준 '키 작은' 난쟁이들은 종처럼 부려먹고 '돈 많고 멋진' 왕자와는 대번에 사랑에 빠지는 거죠? 알고 보면 외모와 사회적 권력·계급을 둘러싼 잘못된 고정관념이 〈백설공주〉에는 차고 넘쳤던 것입니다.

잘생기지도 않았고, 정의롭지도 않고, 원대한 꿈도 없고, 부자도 아니고, 왕자는 더더욱 아닌 슈렉. 이러한 일개 초록색 괴물이 동화 속 멋진 주인공이 될 수 있다는 사실을 통해 우리는 그간 흠뻑 젖어 있었던 사회적 통념들이 얼마나 위험할 수 있는가를 스스로 깨닫게 됩니다.

〈슈렉〉의 클라이맥스를 볼까요? 공주는 슈렉과 진정한 사랑의 키스를 나눕니다. 보통 이런 키스 장면 직후엔 공주에게 걸렸던 마법이 '짠' 하고 풀리면서 공주는 다시 아리따운 모습으로 되돌아오죠. 하지만 영화는 이런 기대를 멋지게 배신합니다. 공주는 여전히 괴물의 외모로 남아 있지요. "아름다운 모습이 아니잖아" 하고 스스로 당혹스러워하는 피오나 공주에게 슈렉은 달콤한 미소와 함께 속삭입니다.

"당신은 아름다워."

맞습니다. 외모와 계급과 돈과 권력과 성별이 갖는 고정관념, 그 단단한 껍데기를 녹여버릴 수 있는 건 진실한 사랑뿐입니다.

이권우의 영화 보고 글쓰기

글쓰기 9계명
패러디 기법으로 글을 써보자

인터넷에 들어가보면 정말 별천지라는 생각이 듭니다. 평소 책도 안 읽고 글도 잘 못 쓴다고 타박했던 학생들이 올린 글이나 사진을 보면, 정말 무릎을 치며 그 기발함을 높이 칭찬하지 않을 수 없습니다. 젊다는 것, 권위에 복종하지 않는 것, 세상을 달리 보는 시선 등속을 만끽하게 됩니다. 이런 글이나 사진 등을 보면서 느끼는 게 있습니다. 혹 잘못 가르친 것은 아닌가, 하고 말입니다. 그러지 않는다고 하기는 했으나, 결국 권위적이고 고답적인 방식으로 글쓰기를 가르치지 않았나 성찰하는 것이지요.

물론, 인터넷에 올린 기발한 글이나 사진들이 곧바로 글쓰기 능력으로 이어지지는 않을 겁니다. 매체의 특성상 한방에 사람들의 시선을 사로잡을 수 있는 것과, 그것을 최소한 200자 원고지 8매

정도의 분량으로 글을 쓰는 것은 다르니까요. 그럼에도 미련을 버릴 수 없습니다. 아이디어가 너무 아까워서 그렇지요. 이럴 적에 당장 해볼 만한 게 바로 패러디 기법으로 글을 써보는 것입니다. 글쓰기에는 영 흥미가 없고 요령도 잘 모르더라도, 대중매체에 표현된 것을 비틀어 자기만의 독특한 생각을 표현하는 데는 익숙한 데다 재미있어하기 때문입니다.

이런 식의 글쓰기는 중·고등학교 현장에서 널리 쓰이는 것 같습니다. 기실, 한 살이라도 어리면 더 기발한 아이디어가 나오게 마련인데다 대중매체에 대한 감수성이 더 예민해서이기도 합니다. 그러다 보니 막상 패러디를 통해 대학생들의 글쓰기 능력을 키우는 데는 한계가 있습니다. 해본데다 예전처럼 머리도 안 돌아가 흥미가 많이 반감되기에 그러합니다. 그런 점에서 성인들이 글쓰기를 다시 배울 때 패러디 기법은 효과가 더 있을 듯합니다. 굳은 머리도 유연하게 하고, 글쓰기에 대한 부담도 줄이고, 어린 자녀들의 심리세계를 이해하는 데도 도움이 되기 때문이지요.

패러디로 글쓰기에서 흔히 쓰였던 것이 4단 만화 이용하기입니다. 예전 같지 않아 요즘은 신문의 4단 만화가 별 인기가 없어, 신문에 따라서는 아예 없어지기까지 했지요. 그런데 4단 만화는 기승전결이 확실한데다 촌철살인적인 풍자까지 하다 보니 글쓰기 기법을 다지는 데는 여전히 유효합니다. 가장 잘 쓰인 방식은 마지막 칸을 비워놓고, 그것을 나름대로 그려보는 것이지요. 그리고 나서

원본과 비교해보면 무척 재미있습니다. 때론 원작보다 나을 때도 있더군요.

인터넷 환경을 고려해 기존의 사진이나 그림을 비틀어 메시지를 만들어보는 것도 의미 있습니다. 단지, 그것으로 그치면 너무 아이디어에 함몰될 수도 있으니 마치 기사처럼 만들어보면 더 나을 듯합니다. 신문을 보면 기사와 사진이 함께 실리잖습니까. 그 가운데는 사진 설명도 있는데, 이것을 조금 더 길게 써보는 것입니다. 어떤 의도와 목적을 띠고 어떤 방식으로 풍자했는지를 독자들에게 소개한다는 심정으로 글을 써보면, 기발한 아이디어를 내놓는 데 그치지 않고, 그것을 논리적으로 풀어 설명하는 능력을 키울 수 있습니다.

이런 단계를 밟아왔다면, 동화를 패러디해보길 권합니다. 각별히 동화를 권하는 것은, 작품의 양이 길지 않고 주제를 정확하게 알고 있는데다 그것이 어떻게 사회에서 수용되는지를 익히 알고 있기 때문입니다. 유명하고 널리 읽고 있는 만큼 비틀어서 새로운 이야기를 하기가 너무 좋지요. 《신데렐라》 같은 작품이 대표적으로 패러디 대상이 될 수 있습니다. 여성의 처지에서 보면, 남자 때문에 자신의 사회적 신분이 바뀐다는 점을 통렬하게 비판할 수 있겠지요. 거꾸로 남자 입장에서 이 동화를 패러디해도 더 흥미로울 수 있습니다. 농담입니다만, 에로 버전으로 바꾸어도(그러니까 신데렐라가 러시아 무희라고 가정해보는 것이지요) 다른 이야기가 나올 성싶습니다. 너무 외국 작품에만 치우치지 말고 우리 작품을 대상으로 하는 것도 좋습니다. 고전에 해당하는 동화가 없다 싶으면, 전설이나 신화도 좋습니다. 얼개를 정확히 이해하고 틈을 찾아낸 다음 허를 찔러 뒤집어엎는 것만큼 신나는 일도 없습니다. 거대한 권위라는 성채가 허물어지는 듯한 쾌감이 들지요. 이런 유의 동화책이 많이 출판된 상황입니다. 참고삼아 읽어두면 도움이 될 듯합니다.

권위 있는 작품을 비틀어보자니까 쉬울 것 같지만, 결코 만만한 작업이 아닙니다. 한번 비틀어보았다 하는 데 만족해서는 안 되고, 비튼 작품을 누군가 읽고 새로운 메시지를 전달받을 정도로 써내야 하기 때문입니다.

아직 글쓰기가 낯설고 두렵다면, 패러디를 이용해 새로운 작품을 써보세요. 한 편의 창작품이 탄생하게 되는 기쁨을 누리게 될 겁니다. 우리는 모두 거인의 무등을 타고 있는 난쟁이일 뿐입니다.

진심은 통한다 vs
글에도 갈등이 필요하다

〈하울의 움직이는 성〉은 〈이웃집 토토로〉, 〈원령공주〉 등의
애니메이션으로 유명한 미야자키 하야오 감독의 작품입니다.
그의 작품을 사랑하는 사람이라면 잘 알겠지만, 〈하울의 움직이는 성〉 역시
여러 주제가 담긴 작품입니다. 평화, 믿음, 그리고 사랑까지.

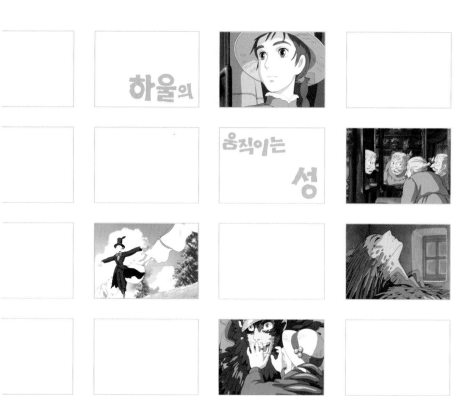

영화
vs
글

세상에 질병이 없다면, 약(藥)이 과연 존재할 수 있을까요? 세상에 도둑이 없다면, 경찰이 의미를 가질 수 있을까요? '화해'와 '치유'라는 매혹적인 단어도 마찬가지예요. '갈등'과 '싸움'이라는 흉측한 말들의 씨가 마른다면, 애당초 화해와 치유란 꽃도 활짝 필 수 없겠지요. 영화와 소설은 모두 '이야기(story)의 예술'입니다. 흥미진진한 이야기 속엔 갈등의 골이 치명적으로 파여 있죠. 결국 이런 갈등이 봉합되고 치유되기에, 우린 안도와 화해라고 하는 마술 같은 쾌감을 맛보게 돼요. 좋은 영화와 좋은 글은, 늘 갈등을 씹어먹고 자랍니다.

진심은 통한다

하울의 움직이는 성 | 감독 미야자키 하야오 | 2004

"지금은 혼자라도, 오늘은 두 사람의 어제로부터 생겨나서 반짝이네. 처음 만났던 그날처럼 당신은 추억 속에 없어. 산들바람이 되어서 뺨에 스치네."

아, 너무나 로맨틱한 가사예요. 일본 애니메이션 〈하울의 움직이는 성〉의 마지막 장면을 장식하는 주제가랍니다. 하울과 소피가 하늘을 나는 성城 위에서 짜릿한 키스를 나누는 모습과 함께 흘러나오는 그 노래…….

미야자키 하야오 감독 아시죠? 〈이웃집 토토로〉, 〈원령공주(모노노케 히메)〉, 〈센과 치히로의 행방불명〉 같은 애니메이션을 통해 인간애 짙은 자연과 마법의 세계를 보여준 그의 작품이 〈하울의 움직이는 성〉입니다. 착한 소녀 소피가 하루아침에 백발 할머니로 변한다는 기묘한 내용을 담은 〈하울의 움직이는 성〉. 손으로 한 장, 한 장 그려낸 이른바 '셀 애니메이션' 기법으로 제작된 이 애니메이션은 할리우드산 컴퓨터 그래픽 애니메이션들이 결코 흉내낼 수 없는 장인정신의 깊이를 보여줍니다.

그런데 소피는 왜 하필 할머니로 변하는 마법에 걸리는 걸까요?

백발 할머니가 된 소피 _스토리 라인

　19세기 말, 마법과 과학의 세계가 공존하는 가상의 유럽. 열여덟 살 소녀 소피는 열심히 모자를 만들면서 모자가게를 운영하고 있습니다. 어느 날 소피는 시내로 나갔다가 험악한 군인들에게 봉변을 당할 위기에 처합니다. 바로 그때, 잘생긴 청년 마법사 하울이 백마 탄 왕자처럼 나타나 그녀를 구해주지요.

　하지만 불행은 여기서 싹틉니다. 하울을 짝사랑해온 황무지 마녀가 하울과 소피 사이를 질투하여 소피에게 저주의 마법을 걸어버리죠. 소피를 하루아침에 아흔 살 백발 할머니로 만든 겁니다.

　가출한 소피는 황무지를 헤매다가 하울이 사는 기괴한 모양의 '움직이는 성'을 발견하고 그 안으로 들어갑니다. 그러고는 하녀 생활을 시작하죠. 졸지에 할머니가 되어버린 소피지만 밝은 마음과 긍정적인 세계관을 잃지 않습니다. 소피는 어둡고 우울하기만 했던 '움직이는 성'을 사랑과 희망으로 채워나가기 시작하죠. 소피는 무시무시한 전쟁을 막기 위해 밤마다 커다란 새로 변신해 군대와 맞서는 하울의 외롭고 피폐해진 마음을 치유해줍니다. 그 과정에서 두 사람은 서로를 사랑하게 되지요. 전쟁으로 얼룩졌던 세계는 결국 평화를 되찾습니다.

소녀, 백발 할머니로 변하다.

어쩌면 이런 일이 있을까요? 모자가게를 운영하는 18세 꽃다운 나이의 소녀 소피가 하루
아침에 90세 백발 할머니로 변하는 저주를 받다니요.

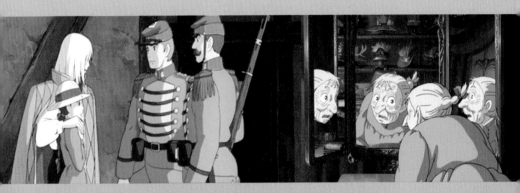

하지만 소피는 노인이 된 자신의 외모를 비관하기보다는 노인이 되어 즐거운 점을 더 생
각하려 합니다. 그녀는 꽃미남 마법사 하울이 살고 있는 '움직이는 성'으로 들어가 칙칙
한 성 분위기를 백팔십도 바꿉니다.

믿음과 사랑의 힘 _주제 콕콕 따지기

어쩌면 이 영화의 주제어로 전쟁에 반대한다는 뜻의 '반전反戰' 혹은 '인류 평화'를 먼저 떠올릴지도 모르겠어요. 그러나 이들 단어는 영화의 표피적인 부분에 지나지 않아요.

생각해보세요. 일촉즉발 전쟁의 위기상황에서 세계는 어떻게 평화를 되찾게 되나요? 위험을 무릅쓰고 전쟁에 맞섰던 하울의 용기 덕분이었죠. 하지만 하울 혼자만의 힘으로 전쟁을 막는 것이 가능했을까요? 아니죠. 하울이 느끼는 두려움과 고독감을 따뜻하게 감싸고 치유해준 소피가 있었기 때문이잖아요.

이 영화의 주제를 담은 핵심 장면은 소피가 하울의 과거로 돌아갔다가 다시 현재로 돌아오는 영화 후반부예요. 하울에 얽힌 비밀을 알게 된 소피는 과거 세계를 떠나오면서 "기다려줘! 나는 소피

야"라는 한마디 외침을 하울에게 남기잖아요.

하울은 소피의 이 말을 가슴에 담은 채 살아왔고, 그 절대적인 믿음과 기다림이 평생 동안 이어져서 결국엔 현재 세계에서도 소피와 극적으로 다시 만나게 되지요. 하울과 소피의 믿음과 사랑, 이것이 영화의 키워드였던 거예요.

황무지 마녀의 저주에 걸려 하루아침에 백발 할머니로 변한 소피의 모습을 살펴보세요. 소피는 마법에서 풀려날 방법을 마지막까지 찾지 못하지만 시간이 지날수록 소녀의 외모를 조금씩 회복해가잖아요? 결국 소피가 지닌 믿음과 사랑의 마음은 마녀의 몹쓸 저주도 이겨내는 강력한 힘이었던 것이죠.

 마법의 정체 _생각 팍팍 키우기

영화를 보면서 우리는 이런 질문을 떠올리지 않을 수 없어요. '왜 하필 소피는 할머니로 변하는 마법에 걸릴까?'

그 대답은 '믿음과 사랑'이라는 영화의 키워드와 밀접한 관계를 맺고 있어요. 무슨 얘기냐고요? 소피에게 내려진 저주는 하울과 소피가 나누는 믿음과 사랑의 마음을 더욱 빛나게 만드는 '장애물'이

된다는 말이죠. 만약 소피가 여전히 소녀의 외모를 갖고 있다면 소피를 향한 하울의 사랑이 소피의 젊음과 외모 때문에 촉발되었다고 의심할 수도 있잖아요? 하지만 아흔 살 할머니의 외모를 가진 소피를 하울이 믿고 의지하고 사랑한다는 건, 하울과 소피가 서로에게 진심으로 마음의 문을 열었다는 사실을 반증하는 것이죠.

추한 외모를 가진 건 사실 하울도 마찬가지예요. 하울은 대낮에는 배우 이준기처럼 귀고리와 목걸이, 반지로 치장한 '꽃미남'이지만, 전쟁과 맞서야 하는 밤에는 또 어떤가요? 저주에 걸려 보기에도 끔찍한 검은 새로 변하죠. 게다가 머리 염색이 잘못됐다고 난리칠 정도로 내면도 불안하고 허약하기 짝이 없잖아요? "다 끝이야. 아름답지 않으면 살아야 할 의미가 없어" 하고 소리칠 정도로 말이죠.

소피는 하울의 끔찍한 외모와 불안정한 내면에도 불구하고 진심으로 하울을 사랑합니다. 결국 소피와 하울에게 덧씌워진 저주가

있었기에 그들이 나누는 믿음과 사랑의 순도는 더 높아질 수 있었던 것이죠.

하루아침에 백발 할머니가 되고도 소피는 이상하리만큼 낙담하거나 불평하지 않아요. 오히려 노인이 된 현실 속에서 기쁨을 찾으려 하죠. "나이 들어 좋은 건 놀랄 게 없다는 거구나", "노인이 된다는 건 잃을 게 적다는 거구나" 하고 되뇌면서 살아 있다는 것에 감사하는 마음을 버리지 않죠. 이런 소피의 모습도 마법과 저주에 굴하지 않는 인간의 의지를 보여주고 있는 대목입니다.

사물에 깃든 영혼 _유연하게 생각하기

　이 영화에는 재미난 캐릭터가 즐비해요. 허수아비 무대가리나 마법에 걸려 불의 악마가 된 캘시퍼, 그리고 아무 말 없이 그냥 힝힝거려서 '힌'이란 이름을 갖게 된 강아지가 그들이죠.

　캐릭터들의 모습에서 우리는 이 영화에 숨어 있는 사뭇 종교적인 믿음 혹은 세계관을 알아차릴 수 있어요. 그건 바로 애니미즘 animism, 즉 '인간뿐 아니라 동물, 식물, 자연현상 등 세상 모든 사물과 현상에 영혼이 깃들어 있다고 믿는 세계관'이죠.

　영화가 끝나고 흘러나오는 감미로운 주제가에 귀를 기울여보세요. "당신은 추억 속에 있지 않아. 당신은 시냇물의 노래에, 하늘의 색채에, 꽃의 향기에 영원히 살고 있어."

허수아비인 무대가리, 만날 힝힝거리고 다니는 강아지 힌……. 이들은 비록 사람이 아니지만, 이 영화에선 사람보다 더 사람처럼 그려지죠. 여기서 우리는 애니미즘적인 시각을 엿볼 수 있어요.

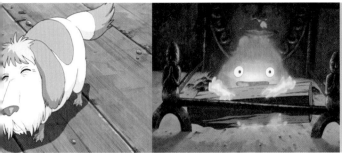

애니미즘은 불꽃과 하늘과 꽃과 같은 세상 만물에 영혼이 깃들어 있다고 믿는 세계관이죠. 알고 보면, '움직이는 성'도 인간과 보이지 않는 대화를 주고받아요. 아주 따스한 대화……

시냇물과 하늘과 꽃에도 당신이 살아 있다는 노랫말은 시냇물과 하늘과 꽃의 정령이 모두 존재함을 믿는 정령신앙精靈信仰, 즉 애니미즘적인 시각을 엿볼 수 있는 대목이기도 하죠.

애니미즘 관점에서 하울이 사는 '움직이는 성'의 정체를 우리는 비로소 꿰뚫어볼 수 있게 돼요. 움직이는 성은 비록 이런저런 기계들이 어지럽게 맞물려 이뤄진 것이지만, 마치 영혼이 있는 생명체 혹은 유기체처럼 어슬렁어슬렁 움직이잖아요? 움직이는 성은 비록 기계지만 인간과 보이지 않는 대화를 주고받는, 어떤 인성人性을 가지고 있었던 것이죠.

움직이는 성은 하늘을 빼곡히 메운 전투기와는 대척점에 있는 존재예요. 둘 다 똑같이 인간의 기계문명과 과학기술이 만들어낸 결과물이지만, 움직이는 성이 인간과 평화를 위해 움직이는 '영혼이 깃든 기계'임에 반해 전투기들은 살육과 파괴를 위해 사용되는 '영혼이 증발되어버린 기계' 로 묘사되지요.

　결국 영화는 움직이는 성의 모습을 통해 과학기술이나 기계문명이 '인간' 의 얼굴과 체온을 하고 있을 때 비로소 진정한 존재의 의미가 있음을 말하고 싶었던 것입니다. 쉬운 예를 들어볼까요? 우라늄이라는 자원 역시 이를 대하는 인간의 태도에 따라 '두 얼굴' 을 갖게 됩니다. 원자력발전소의 연료로 사용될 때는 인간에게 필요한 전력을 공급하는 '따뜻한 자원' 이 되지만, 반대로 핵폭탄이라는 무시무시한 살상무기의 재료로 사용될 때는 영혼이 사라진 '차가운 자원' 으로 변모하는 거잖아요?

마녀의 저주로 하루아침에 열여덟 살 소녀에서 아흔 살 할머니가 된 소피와 '꽃미남' 마법사 하울. 이 둘은 전통적인 남녀간 성性 영역이 무너지고 이성異性의 장점을 추구하는 남녀가 늘어감에 따라 등장한 '양성兩性형' 인간, 즉 '미즈 스트롱(Ms. Strong, 강한 여성)'과 '미스터 뷰티(Mr. Beauty, 예쁜 남성)'의 전형이다. 소피와 하울이 천생배필인 이유를 밝혀보면서 우리의 사고를 획기적으로 전환해보자.

Q 소피는 'Ms. Strong'?

A 노파가 되어버린 소피가 직면하는 정신적 쇼크는 갑작스레 '암 말기' 선고를 받은 상황에 견줄 수 있다. 그러나 소피는 스트레스에 대해 '부정(그럴 리 없어) → 분노(왜 나만 이래야 해) → 우울(차라리 죽고 싶어) → 수용(이걸 받아들이자)'의 일반적 반응 단계를 밟지 않고 '수용' 단계로 직행한다. 화내거나 좌절하지 않으면서 오히려 "나이 들어 좋은 건 놀랄 게 없다는 거구나"하며 노인의 긍정적 측면을 살핀다. 마법사 하울의 성에 용감하게 혈혈단신으로 들어가 주인 행세를 하며 청소도 하고 빨래도 하며 어둡던 분위기를 발랄하게 바꾼다.

Q 하울은 'Mr. Beauty'?

A 그는 외모지상주의에다 히스테리 증세를 보인다. 마녀의 위협으로부터 자신을 지켜줄 형형색색의 부적을 산더미처럼 모아놓고 그 속에서만 비로소 편히 잠든다. 상처받은 자신을 소피가 돌봐주길 바라는 그의 정신상태는 어른이 되기를 두려워하는 '피터팬 증후군'에 해당한다. 반면 밤이면 새가 되어 뚝뚝 떨어지는 폭탄을 몸소 받아내는 용감한 '반전주의자'의 모습도 갖고 있어 그의 정체성은 종잡기 힘들다.

글쓰기 10계명
글에도 갈등이 필요하다

　　　　　　　　　장편소설을 읽다 보면, 갈등구조로 이루어진 것이 바로 소설이라는 갈래의 특징이구나 하는 생각이 들 때가 있습니다. 우리는 가능하면 갈등을 겪는 상황에 놓이지 않으려 합니다. 당연하지요. 기왕이면 편안하게, 느긋하게, 더도 말고 덜도 말고 지금 같기만을 원하는 게 인지상정 아니겠습니까. 그런데 누가 굳이 갈등 상황에 놓여 있으려 하겠습니까. 그것은 달리 말하면, 무척 힘들고 고통스러운 것인데 말입니다.

　　그럼에도 소설의 주인공은 늘 갈등 상황에 빠져 있잖습니까. 흔히 소설의 주인공을 예외적인 인간, 문제적인 인물이라고 하는데, 그런 점에서 안성맞춤인 표현인 듯합니다. 갈등의 과정을 거치고 나면 상황이 바뀌어 있습니다. 그 갈등을 성공적으로 처리하면 영웅이 되고, 반대 상황이 벌어지면 낙오자나 패배자가 되고 맙니다.

거기서 읽는 이들은 대리만족이나 연민을 느끼게 되는 것이죠. 둘
다 카타르시스를 일으키게 한다는 점에서 중요한 미적 체험을 하
게 됩니다.

　좀 잔인한 말일 수도 있지만, 만약 갈등이 없다면 우리가 소설
을 읽으려 할까요. 주인공이 갈등 상황에 빠지게 되는 계기가 묘사
되고, 갈등 상황에서 고통을 겪으며 이를 이겨내려 애쓸 적에 우리
는 감정이입을 하면서 흥미와 재미를 느끼게 됩니다. 평이하고 형
식적인 갈등구조를 품고 있는 소설을 재미있고 감동스럽게 읽었다
고 하는 경우는 없습니다. 그 작품이 극적으로 갈등을 그려나갈 때
몰입하게 되지요.

　소설의 기본구조라 할 갈등을 잘 활용하면 일상적인 글쓰기에도
도움이 됩니다. 왜 그런지는 이미 말한 셈입니다. 읽는 이의 흥미
를 끌며 재미와 감동을 느끼게 할 수 있기 때문이지요. 작품에 흔
히 나타나는 갈등구조를 정리하면 이렇습니다. 먼저 발단부에서
갈등의 조짐이 나타납니다. 그 다음에는 전개부인데, 여기서는 갈
등의 정도가 단계적으로 상승한다고 할 수 있습니다. 점점 더 갈등
상황이 극심해지는 것이지요. 갈등의 압력이 높아질수록 흥미도
배가됩니다. 그러고는 위기부에서 갈등이 최고조에 이릅니다. 상
승곡선의 꼭지점에 이르는 것인데, 여기서는 갈등이 어떤 식으로
해결될 것이냐 하는 점이 암시되기도 합니다. 그러고는 결말 부분
이지요. 여기서는 극적인 반전이나 파국이 그려집니다.

이 형식을 잘 원용할 필요가 있습니다. 밋밋하게 자기 주장만 늘어놓지 않고, 대립하고 갈등하고 투쟁하는 의견을 적절하게 대비·대조·병렬해나가는 것입니다. 처음에는 에둘러가는 것 같아 성에 차지 않을 겁니다. 논리적 일관성과 공격적인 주장을 일방적으로 퍼붓는 것이 훨씬 잘 쓰여진 글 같고 설득력도 높을 듯합니다. 하지만, 그것은 어디까지나 이미 자신과 생각이 같은 사람의 동의만 구하는 글입니다. 글을 쓰는 목적이 의견이 같은 사람의 동의만 구하려는 것은 아니잖습니까. 오히려 좋은 글은 본디 생각이나 주장이 달랐는데, 그 글을 읽고 입장을 바꾸게 하는 데 있습니다. 10여 권에 이르는 대하소설도 단 한 줄로 주제를 요약할 수 있습니다. 그럼에도 우리가 그 많은 책을 손에서 놓지 않고 끝까지 읽어나가는 것은, 그 주제를 설득하기 위해 작가가 마련한 갈등구조 속에 흠뻑 빠지기 때문이지요.

좋은 글은 일방적이지 않습니다. 그리고 자기 주장을 속시원하게 터뜨리는 데 있지 않습니다. 동의만 구하려 하지 않고 변화를 목적으로 하기도 합니다. 이러려면 배려와 전략이 필요합니다. 나랑 주장이 다른 사람은 도대체 무엇을 근거로 그렇게 생각하게 되었는지 치밀하게 조사해야 합니다. 그래서 새로운 근거를 바탕으로 설득하려는 자세가 필요하지요. 그리고 설득을 위해서는 전략을 짜야 합니다. 축구나 야구에만 전략이나 작전이 필요한 것이 아닙니다. 글을 쓰려 할 적에도 치밀한 전략을 짜야 합니다. 더 설득력 있고 더 재미있게 쓰기 위해서 말입니다.

  소설의 갈등구조는 갈등 그 자체에 목적이 있지 않습니다. 갈등의 해소를 목적으로 삼고 있지요. 우리 사회는 숱한 주제를 놓고 갈등을 빚고 있습니다. 이 갈등의 원인이 어디에 있는지 드러내고 갈등 상황을 더 흥미롭게 빚어내면서, 궁극에 갈등을 해결하는 글은 상당히 쓰임새가 많지요. 이런 글은 사회문제를 정면으로 다루는 칼럼 형식의 글에 원용하기 좋습니다. 이를테면 특정한 주제를 다룰 적에 갈등하는 주장을 공평하게 소개하고, 서로가 상대방의 허점을 공격적으로 지적하게 합니다. 그러고 나서 두 의견을 넘어서는 대안적인 견해를 제시해 갈등을 해소하는 형식으로 글을 써 보는 것입니다.

  갈등은 성장을 불러옵니다. 평안한 사회보다 갈등하는 사회가 발전 가능성이 높고 더 민주적인 사회입니다. 글을 쓰려면 갈등구조에 빠지려는 문제의식이 있어야 합니다. 지금이 마냥 좋다면 굳이 글을 쓸 필요가 없지요. 그리고 갈등 형식을 빌려 글을 쓰면 대안적이고, 문제 해결적인 주장을 정교하게 다듬어나갈 수 있습니다. 소설을 써야 굳이 소설가가 되는 것은 아닙니다. 소설 형식을 차용하면, 소설처럼 극적인 글도 쓸 수 있습니다.

입장 바꿔 생각해봐 vs
아집을 버려라

잘나가던 영웅이 어느 날 평범하게 살게 되었다면? 바로 〈인크레더블〉에
등장하는 영웅이 그렇습니다. 과거에 영웅이었다는 사실이 머쓱할 만큼
무능력하고 따분한 일상에 매여 사는 중년의 남자가 되어버렸습니다.
미스터 인크레더블은 언제까지 이대로 지내야 할까요.

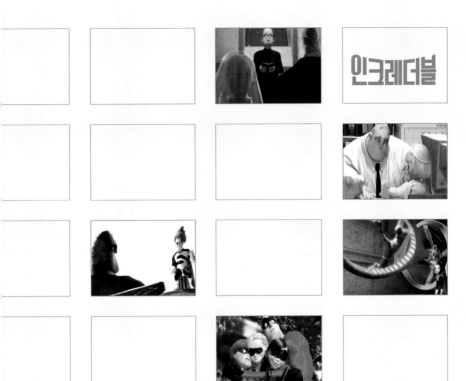

절대선과 절대악이 세상에 있을까요? 박정희 전 대통령. 그는 군부 쿠데타로 집권한 뒤 오랫동안 억압적인 독재정치를 했어요. 동시에 그는 가난에 빠져 있던 나라를 근대화로 이끈 인물이기도 해요. 빛이 있으면 그림자가 있어요. 사람도 양지와 음지가 공존하죠. 그런데 이상해요. 왜 영화엔 좋은 놈과 나쁜 놈이 산뜻하게 나뉠까요? 그게 관객의 마음을 편안하게 만들어주기 때문이에요. 맞아요. 영화가 주는 간편한 환상을 뚫고 현실을 직시하기 위해선 유연한 사고가 필요하죠. 글도 그래요. 고집을 내다버린 유연한 글이 진짜 강한 글이에요.

입장 바꿔 생각해봐

인크레더블 | 감독 브래드 버드 | 2004

　〈인크레더블〉은 월트 디즈니사가 픽사 스튜디오와 손잡고 만든 컴퓨터 그래픽 애니메이션이죠. 옷의 주름까지 담아낸 정교한 컴퓨터 그래픽 기술, 실사實寫영화 뺨칠 만큼 박진감 넘치는 액션, 그리고 가족의 소중함을 일깨워주는 가슴 따뜻한 내용이 한데 어우러진 수작秀作입니다. 2005년 미국 아카데미상 시상식에서 장편 애니메이션상을 받기도 한 영화죠. 중년의 권태로움을 딛고 일어서 슈퍼 영웅으로 거듭난 미스터 인크레더블이 악당 신드롬을 혼쭐내는 장면은 익숙한 결말이지만 통쾌하기 그지없습니다.

　그런데 혹시 이런 질문을 스스로에게 던져본 적 있나요? '인크레더블 가족이 똘똘 뭉쳐 맞서 싸우는 키 작은 악당 신드롬을 100퍼센트 나쁜 놈으로만 치부할 수 있을까' 하는 생각 말이죠.

평범해진 슈퍼 영웅 _스토리 라인

　미스터 인크레더블. 그는 초능력을 발휘해 사회를 어지럽히는 악의 무리를 처단하는 슈퍼 영웅이었습니다. 잘나가던 그는 어느 날 정부로부터 "평범하게 살라"는 명령을 받게 되죠. 역시 초능력을 가진 엘라스티 걸과 결혼해 15년째 평범한 삶을 살아온 인크레더블. 운동 부족으로 배는 산처럼 불러오고, 직장인 보험회사에선 무능하다고 구박받기 일쑤입니다. 초능력을 맘껏 발휘하지 못하는 현실은 따분하기만 하죠.

　그러던 어느 날, 정체불명의 인물로부터 비밀 지령을 받은 인크레더블. 정체불명의 섬으로 떠난 그는 그만 신드롬이란 이름을 가진 키 작은 악당에게 붙잡히고 맙니다. 신드롬은 지구상에 존재하는 슈퍼 영웅들을 모두 제거하고 자신이 유일한 영웅이 되려는 음모를 가지고 있죠.

　초능력을 가진 인크레더블의 아내 엘라스티 걸과 딸 바이올렛, 아들 대쉬는 가장인 인크레더블을 구하기 위해 신드롬의 본거지로 잠입합니다. 결국 신드롬은 혼비백산해 도망가죠.

슈퍼 영웅, 따분해지다.

평범한 삶을 살고자 하는 슈퍼 영웅에겐 슈퍼 파워가 축복이 아니라 저주입니다. 저도 모르게 샘솟는 특별한 능력 때문에 인크레더블의 집안은 난장판이 되죠.

무대에 설 때 비로소 삶의 의미를 느끼는 가수처럼, 인크레더블 가족도 슈퍼 파워를 사용해 악당을 마음껏 물리치는 과정에서 비로소 가족애를 되찾습니다.

슈퍼 파워는 장애인가? _주제 콕콕 따지기

설마 '정의 실현'을 이 영화의 주제로 생각하진 않겠죠? 어우, 그건 듣기에도 너무 딱딱해요. 물론 인크레더블 가족은 악당을 물리침으로써 사회정의를 실현하지만, 그건 어디까지나 결과론적인 이야기일 뿐이죠.

더 깊게 생각해보세요. 인크레더블 가족이 악당을 물리치게 되는 보다 근원적인 힘은 뭘까요? 바로 '가족애'예요. 서로에게 짜증만 부리면서 무료하고 권태롭게 살던 인크레더블 가족은 악당 신드롬에 맞서 똘똘 뭉치는 과정에서 서로의 소중함을 깨닫고 가족애를 되찾으니까 말이죠.

하지만 '가족애'에서 생각을 멈춘다면 그건 딱 80점짜리 답입니다. 한번 이렇게 생각해볼까요? 영화는 싱싱한 생선이라고 말이에요. 아주 잘 드는 칼로 생선회를 뜨듯 영화를 얇디얇게 '썰어서' 생각하는 연습을 해보세요. 자, 뭐가 보이죠?

물론 인크레더블 가족은 가족애를 되찾지만 그보다 더 중요한 것이 있어요. 이들 가족 네 명은 악당을 처치하는 과정에서 각자의 마음 깊은 곳에 응어리져 있던 뭔가를 통쾌하게 날려버린다는 사실이죠. 마음속에 응어리졌던 이것의 정체는 뭘까요? 맞아요. 현실에 대한 어떤 불만이라고 할 수 있죠. 더 정확히 말하자면, 특별한

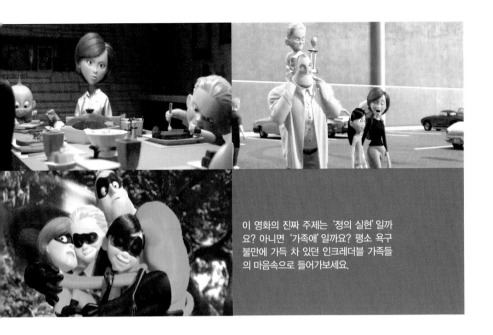

이 영화의 진짜 주제는 '정의 실현'일까요? 아니면 '가족애'일까요? 평소 욕구 불만에 가득 차 있던 인크레더블 가족들의 마음속으로 들어가보세요.

능력을 타고났으면서도 남과 똑같이 평범하게 살 수밖에 없는 데서 느끼는 무기력감과 자기 모멸감이죠.

자신들이 가진 슈퍼 파워가 평범하게 사는 데 오히려 방해물일 뿐임을 느끼면서 좌절감에 빠진 인크레더블 가족. 그들은 악당과 맞서 싸우는 과정에서 슈퍼 파워를 한껏 발휘하게 됩니다. 자신들에게 주어진 남다른 능력이 결코 '장애'가 아니라 신이 내린 '축복'임을 깨닫게 되죠. 결국 자신의 진정한 능력을 마음껏 발휘해 꿈과 이상을 이룬다는 의미의 '자아실현self-actualization' 이야말로 영화 깊숙이 도사리고 있는 진짜 키워드였던 거예요.

꿈과 희망의 대리충족 _생각 팍팍 키우기

여기서 우리는 인크레더블 가족이 가진 초능력의 정체를 더 깊이 파고들어가볼 필요가 있어요. 왜 하필 인크레더블 가족 네 명은 각자 그렇게 특별한 능력을 갖게 된 걸까요?

생각해보세요. 왜 중년의 가장인 인크레더블은 하고많은 초능력 중에 '힘이 센' 능력을 가졌을까? 왜 중년 부인인 엘라스티 걸은 온몸이 쭉쭉 늘어나는 유연성을 초능력으로 가졌을까? 사춘기의 딸 바이올렛은 왜 투명인간이 되는 능력을 가졌을까? 왜 장난꾸러기 꼬마 대쉬는 번개처럼 빨리 달리는 능력을 가졌을까?

한 번도 생각해본 적 없죠? 꼼꼼히 따져보면 인크레더블 가족 한 명, 한 명은 초능력을 통해 그 연령대 사람들이 흔히 품는 꿈과

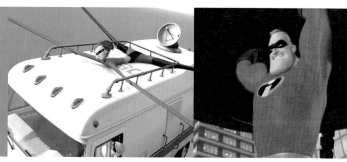

미스터 인크레더블의 샘솟는 정력과 근육질 몸매, 그리고 그의 아내인 엘라스티 걸의 탄력 만점 육체. 이는 평범한 중년 남성과 여성이라면 누구라도 열망하는 이상적인 모델이라는 점을 우리는 발빠르게 눈치채야 해요.

희망을 속시원하게 실현시켜주고 있다는 사실을 알게 됩니다. 이들 인크레더블 가족 각자에겐 보통의 아버지와 어머니, 딸과 아들이 품고 있는 꿈의 모습이 담겨 있다는 뜻이죠.

미스터 인크레더블은 중년의 가장입니다. 중년 아저씨들이 대개 품는 소원이 뭔가요? 불룩 나온 배가 들어가 멋진 몸매를 되찾고 엄청난 힘과 정력을 갖는 거죠. 그래서 헬스클럽을 다니고 자양강장제다 정력제다 해서 닥치는 대로 사먹잖아요? '몸짱'에다 무한대 파워까지 가진 인크레더블이야말로 이런 중년 남성들이 원하는 꿈의 모델입니다.

우리 주위의 중년 부인들은 또 어떤가요? 여성호르몬 부족으로 골다공증이 생기기 시작하고, 허리와 무릎은 삐걱거리기 시작합니다. '아, 나도 이제 젊음을 잃어가는구나' 하고 걱정하는 시기죠. 이에 따라 중년 여성들은 유연하고 탄력 있는 몸을 갈망하게 마련입니다. 근데 엘라스티 걸을 보세요. 팔과 다리가 쭉쭉 늘어나는 것도 모자라, 제멋대로 이리저리 휘기도 하는 엄청난 유연성을 갖고 있죠.

이번엔 딸 바이올렛을 볼까요. 사춘기 소녀들은 많은 경우 자신만의 공간에 혼자 있고 싶어합니다. 투명인간이 될 수 있고, 또 자신만의 보호막을 만들 수 있는 바이올렛의 특별한 능력도 알고 보면 사춘기 소녀들의 소망이 반영된 것이죠.

아들 대쉬도 마찬가지예요. 엄청나게 빨리 달리는 능력을 갖고 있어서 눈 깜짝할 사이에 선생님의 의자 밑에 압정을 놓고 오는 장난을 일삼는 대쉬. 그의 모습에는 또래 장난꾸러기들이 권위로 가득한 어른들을 골탕먹이면서 즐거워하는 모습이 겹쳐지죠.

 ## 악당 신드롬은 나쁜 놈일까? _유연하게 생각하기

엉뚱한 질문을 던져보죠. 영화 속 악당 신드롬은 나쁘기만 한 존재일까요? 혹시 이 잔인무도한 악당에게도 우리가 이해해줄 만한 구석이 있지 않을까요?

생각해보세요. 신드롬의 목표는 뭐죠? 결코 '지구 정복'이 아니에요. 신드롬은 단지 사람들로부터 인정받고 싶었던 것이죠. 자기가 만든 강력한 로봇으로 세상을 어지럽힌 뒤 그 자신이 사람들 앞에 홀연히 등장해 로봇을 처치하는 모습을 만천하에 보여줌으로써 사람들에게 영웅으로 인식되기를 갈망했던 거죠. 다시 말해 '인정받고 싶은 욕구'가 신드롬을 악당으로 만들고 말았던 거예요.

신드롬은 인크레더블에게 비장한 한마디를 던집니다.

"너처럼 타고난 초능력 없이도 난 해냈어. 사람들에게 진짜 영웅의 모습을 보여줄 거야. 내가 늙으면 내 발명품을 사람들에게 파는

자신만의 보호막을 만드는 딸 바이올렛과 바람보다 빨리 달리는 아들 대쉬의 모습에는 또래 집단의 욕망이 고스란히 녹아 있죠.

거야. 그럼 누구나 슈퍼 영웅이 될 수 있겠지. 누구나 슈퍼 영웅이 되면, 결국 영웅은 사라지게 되는 거지. 흐흐흐."

신드롬은 인크레더블과 달리 태어나면서부터 초능력을 가진 인물이 아니었어요. 그의 이름은 원래 버디였죠. 버디는 초능력 대신 자신이 직접 발명한 로켓 부츠를 착용하고 '인크레더 보이'가 되어 인크레더블과 함께 악당들을 무찌르려 했죠. 하지만 인크레더블은 이런 그를 퇴짜놓았고, 한恨을 품은 그는 악당 신드롬으로 변신했어요.

분명 신드롬은 나쁜 짓을 한 악당이에요. 하지만 또 다른 측면도 우리는 살펴볼 수 있어야 해요. 애초에 신드롬은 인크레더블처럼 '선천적인 능력' 혹은 어떤 천재성을 물려받지는 못했어요. 대신 후천적인 노력으로 영웅이 되고자 했죠. 신드롬은 인크레더블처럼 특별한 힘을 물려받은 인물만 영웅이 되는 세상이 아니라 평범한

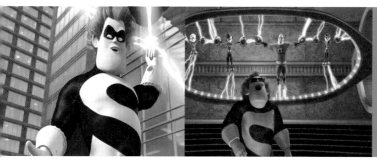

신드롬도 보기에 따라 '불쌍한 놈'일 수 있어요. 그는 미스터 인크레더블처럼 슈퍼 파워를 물려받진 못했지만, 스스로 노력하면 누구나 영웅이 될 수 있는 세상을 꿈꿨으니까요. 세상일은 다 생각하기 나름이에요.

인간도 노력하면 영웅이 될 수 있는 '기회 균등'의 세상을 꿈꿨다고 볼 수 있죠. 그의 이런 정당한 동기가 올바른 방향으로 발현되었다면 얼마나 좋았을까요.

바로 이 대목에서 우리는 또 다른 영화 한 편을 떠올리게 되는데요. 바로 천재음악가 모차르트의 인생을 담은 영화 〈아마데우스〉입니다. 궁정음악가 살리에르는 피나는 노력을 기울이지만 결국 천재성을 타고난 모차르트를 이기지 못하고 괴로워한다는 내용이죠. 살리에르는 이런 유명한 대사를 남깁니다.

"신이시여, 왜 저에게 음악을 향한 열정만 주시고, 음악에 대한 재능은 주지 않으셨습니까……."

이렇게 탄식하면서 그는 "나는 모든 평범한 사람들의 대변자요!" 하고 울부짖죠. 맞습니다. 천재에 대해 끊임없는 열등감을 느끼다가 결국엔 천재를 죽이려 했던 살리에르. 그는 슈퍼 파워를 가진 인크레더블에게 열패감을 느끼다 못해 인크레더블을 제거하려 했던 악당 신드롬과 흡사한 모습이죠. 살리에르나 신드롬에게는 연민의 정이 가는 대목이 있는 것도 사실입니다. 신이여, 모든 평범한 사람들에게 축복을! 그들에게 아주 특별한 능력을!

Q & A

Q 영화에서 스스로 목숨을 끊으려던 남자를 미스터 인크레더블이 구한다. 하지만 남자는 뼈가 부러지는 중상을 입고 법원에 손해배상 소송을 한다. 과연 인크레더블은 보상해줘야 하는 책임이 있을까?

A 인크레더블은 단 한 푼도 손해배상을 할 필요가 없다. 생각해보라. 지금 막 위기에 처한 사람을 구해야 할 참에 '자칫 내가 잘못해 그 사람을 약간이라도 다치게 하지 않을까'를 염려해야 한다면, 이 세상 누가 위험에 빠진 타인을 구하려 할 것인가.
바로 이런 상황을 법률적 용어로는 '긴급 피난'이라고 한다. 긴급 피난에 해당하는 경우, 즉 더 큰 재난과 불행을 막기 위해서 다른 사람의 신체나 법적인 이익을 어쩔 수 없이 해치게 된 경우에는 위법성이 없어진다는 것이다.
물론 '자기 마음대로 죽을 권리'는 누구에게나 있다. 자기 목숨을 스스로 버리는 걸 누가 말릴 수 있겠는가. 하지만 자살을 옆에서 지켜보거나 돕거나 방조하는 것은 분명 범죄행위가 된다.

이권우의 영화 보고 글쓰기

글쓰기 11계명

아집을 버려라

    대학에서 학생들을 가르치며 각별히 읽기 수업은 토론으로 진행했는데, 여기서 깨달은 바가 컸습니다. 대개 학생들은 주장만 앞섰지, 그것을 설득할 만한 논리적 근거를 마련하지 못하는 경우가 많습니다. 설혹 근거가 있더라도 너무 일면적이고 평면적이었지요. 말하자면, 목청 큰 놈이 이긴다는 속설에서 자유롭지 못했던 겁니다. 토론한다는 것은 남을 설득하여 내 주장에 동의하도록 이끄는 데 목적이 있습니다. 그런데 근거가 빈약해서야 어떻게 다른 사람의 동의를 얻을 수 있겠습니까.

    또 하나는 다른 사람의 주장과 근거를 무조건 부정하는 태도가 일반적이었습니다. 물론 교육으로서 토론은 부러 찬반을 나눠 진행하기 때문에 반론이라는 형식을 통해 상대방 논리의 허점을 지적하는 경우가 있습니다. 그런데 내가 진행한 토론은 독서토론이다 보니 이른바 정책토론과는 달랐는데, 그럼에도 상대방의 견해를 무조건 무시했던 거지요.

이런 현상을 지켜보며, 학생들의 인식 부족을 탓할 수 없었습니다. 나 자신이 일상에서 대화나 토론할 때 보이는 단점과 한계를 목격한 덕입니다. 그래서 글쓰기 수업시간에 끌어들인 것이 '접속어'를 활용한 글쓰기였습니다. 주장이 있다면 논리적 근거를 들어 충분히 설명하라, 그 다음에는? 글쓴이가 상대방의 주장과 그 근거가 무엇인지 충분히 알고 있음을 드러내라, 그리고 나서 이 견해를 참고해 좀더 강화한 내 견해를 밝혀라, 하는 것입니다. 세상에 유일한 진리는 없는데다 내 주장만 참일 수 없습니다. 찬성을 밝히는 순간, 반드시 반대 의견이 나타납니다. 세상이 이처럼 짝패로 이루어졌는데 마치 혼자 사는 양 처신할 수는 없습니다. 팽팽하게 맞서고 있는데 내 생각만 떠벌려봐야 아무 소용없습니다. 상대방을 설득하려면, 그쪽에서는 왜 그렇게 주장하는지 충분히 살펴보아야 합니다. 거기에도 나름의 근거가 있을 터이고, 받아들여야 할 그 무엇이 있을 터입니다. 그것을 바탕으로 새로운 의견을 내놓을 때 상대방도 받아들일 가능성이 높습니다.

그래서 나는 학생들에게 자신의 주장과 근거를 쓴 다음, '그러나'라는 접속어를 써서 한 단락을 만들어보라 했습니다. 거기에는 이런 정신이 담겨 있어야 한다고 말했지요.

"세상에 어찌 나만 참된 것이나 진리를 거머쥘 수 있겠는가. 나와 다른 주장을 품고 있는 사람도 있다. 그렇다고 그 사람이 내 주장을 폐기처분할 만큼 전면적인 진리를 장악하고 있는 것은 아닐 터. 일리가 있다는 말이다. 그 사람의 일리 있는 말을 무시하고 내 주장만 떠든다면, 이는 독불장군이지 않겠는가. 귀기울여라, 떠벌리지만 말고. 가슴을 열어라, 다른 사람의 견해를 받아들이기 위해. 그리고 드러내라, 다른 주장 가운데 일리 있는 것이 무엇인지를. 믿노나니, 글쓰기는 우리를 민주적인 시민으로 키우리라."

그 다음에는 '그럼에도' 라는 접속어를 써서 역시 한 단락을 만들게 했습니다. 이 단락에는 다음과 같은 정신이 새겨져 있어야 한다고 힘주어 말했답니다.

"그렇다고 자기 주장을 포기하라는 것은 아닐 터. 일리 있는 문제 제기를 감안하더라도 본디 주장이 어떤 가치가 있는지 다시 한번 강조하자. 또는 그 일리 때문에 내 본디 주장이 어떻게 바뀌어 새롭게 제기되었는지 보여주자. 네가 있기에 내가 있으니, 이제 우리는 타협과 조율, 그리고 합의에 더욱 가까워진다."

그리고 나서 결론을 내리도록 이끌어보았습니다. 처음에는 혼란스러워합니다. 그게 현실이고 우리 교육의 현주소이니 어찌할 수 없습니다. 쓰고 발표하고 고쳐주고 하다 보니 감을 잡더군요. 이 글쓰기 요령은 다른 무엇보다 자신이 최종적으로 말하고자 하는 대주제문을 미리 결정해야 가능합니다. 나머지는 대주제문을 설득력 있게 전달하는 과정에서 꾸민 전략이 되겠지요. 그렇다고 '그러나' 라는 접속어를 형식적이고 수사적으로 써서는 안 됩니다. 이 부분에서 자신과 다른 주장의 근거를 제대로 이해하고 있다는 점이 드러나지 않고, 그 가운데 수용할 만한 것이 무엇인지 밝히지 못하면, 그만큼 설득력이 떨어지기 때문입니다.

이 수업을 하다 보면, 글쓰기가 결국에는 민주적인 시민을 키워내는 교양교육임을 깨닫게 됩니다. 다른 사람의 의견을 겸손하게 듣고 수용할 부분을 가려내어 자기 견해를 고치거나 강화하는 사람으로 성장할 수 있을 터이니 말입니다.

가르치면서 배운다고 하지요. 배우는 사람들은 확실히 가르치는 사람의 거울입니다. 배우는 이들이 모자라고 부족한 것이 아니라 가르치는 사람이 단점과 약점이 있음을 깨달았습니다. 가르치는 사람의 아집에서 벗어날 수 있었던 계기가 바로 글쓰기 수업이었습니다.

영화 vs 글쓰기

인생에서 무엇이 소중한가 vs
인용문과 우화를 써먹어라

〈카〉의 주인공, 스피드 맥퀸은 레이스 카입니다.
인생 최고의 목적은 자동차 경주에서 1등 하는 것뿐입니다.
이런 맥퀸이 뜻하지 않게 지도에도 나와 있지 않은 한적한 마을에 가게 됩니다.
고물차를 업신여기던 맥퀸에게 과연 어떤 변화가 생기게 될까요.

카

다윗이 골리앗을 이길 수 있었던 것은 다윗의 멋진 돌팔매 솜씨 때문이었어요. 약자가 강자를 이기기 위해선 이처럼 비장의 카드를 가져야 하죠. 스토리텔링(storytelling)의 세계에선 어떨까요? 메시지를 더 재미있고 효과적으로 전하는 비기(秘技)가 있을까요? 있어요. 바로 우화(寓話)예요. 좋은 얘기를 곧이곧대로 하면, 사람들은 "또 공자 말씀……"하며 듣질 않으려 해요. 하지만 동식물이나 익숙한 사물에 빗대어 얘기하면 신이 나서 귀를 쫑긋 세워요. 사람을 자동차에 빗대어 한번 얘기해볼까요? 그럼 새로운 설득의 문이 열립니다. 짜잔!

인생에서 무엇이 소중한가

카 | 감독 존 라세터 | 2006

　〈토이 스토리〉(1·2편), 〈벅스 라이프〉, 〈니모를 찾아서〉, 〈인크
레더블〉 같은 컴퓨터 그래픽 애니메이션을 만들어온 픽사 스튜디
오. 픽사가 만든 애니메이션들은 '두 마리 토끼를 모두 잡았다'는
평가를 받습니다. '두 마리 토끼'가 뭐냐고요? 첫 번째 '토끼'는
완벽에 가까운 컴퓨터 그래픽 기술입니다. 눈에 보이는 토끼죠. 두
번째 '토끼'는 가슴 찡한 감동과 교훈입니다. 눈에 보이지 않는 토
끼죠. 이렇듯 픽사의 애니메이션은 우리의 눈과 마음을 동시에 사
로잡아왔습니다.

　픽사의 최신작 〈카Car〉도 마찬가지입니다. 자동차를 인간에 빗
댄 이 즐겁고 신나는 애니메이션은 알고 보면 인생에 대한 소중한
경구(警句, 진리를 간결하게 표현한 말)들을 곳곳에 숨겨놓고 있답니다.

맥퀸이 만난 새로운 인생 _스토리 라인

　빨간색 레이스 카, 그 이름은 맥퀸. 그는 경주에서 1등 하는 것만이 인생 최고의 목적이라고 생각하는 자동차입니다. '왕중왕'을 가리는 피스톤컵 대회에 참가한 맥퀸은 나머지 자동차 두 대와 1등을 다투게 됩니다. 지금껏 계속 1등을 해왔지만 이젠 나이가 들어 은퇴를 앞두고 있는 마음씨 착한 자동차 킹, 그리고 온갖 더러운 반칙을 일삼는 폭력적인 자동차 칙이 그들이죠.

　단독 선두를 달리던 맥퀸. 그러나 맥퀸은 팀플레이를 마다합니다. 바퀴를 갈아야 할 타이밍에 바퀴 교체를 마다하고, 혼자 잘난체하며 무리한 레이스를 펼치던 맥퀸은 갑자기 타이어가 펑크 나면서 결승선 바로 앞에 정지해버립니다. 뒤따르던 킹, 칙과 함께 공동 1위를 하게 되죠.

　진정한 1등을 가리기 위한 최종 챔피언십 레이스가 예고됩니다. 맥퀸은 다른 차들보다 경기장에 앞서 도착해 돈 많은 스폰서 기업 다이노코의 사장과 가장 먼저 만나려는 욕심을 부립니다. 그 과정에서 맥퀸이 탄 큰 트레일러는 무리한 졸음운전을 하게 되지요. 사고로 트레일러 뒷문이 열리고, 잠자던 맥퀸은 고속도로 한복판에서 길을 잃게 됩니다.

　정신을 다시 차린 맥퀸이 도달한 곳은 지도에도 나와 있지 않은

레이스 카, 이상한 마을과 만나다.

인생이 늘 앞만 보고 달릴 수 있는 걸까요? 〈카〉의 주인공인 레이스 카 맥퀸. 그는 자동차 경주계의 떠오르는 별이지만, 자신을 과신하고 무리한 경주를 하다가 낭패를 봅니다.

어느 날 너무나 한적한 마을에 당도하게 된 맥퀸은 그곳에서 만난 희한한 자동차들을 통해 난생처음으로 '느리게 산다는 것'의 의미를 생각하게 되죠.

한적한 마을 '래디에이터 스프링스'. 그곳에서 맥퀸은 이상한 자동차들을 만나게 됩니다. 마을의 원로이자 과거가 베일에 싸인 늙은 자동차 허드슨, 똑 부러진 성격을 가진 어여쁜 포르셰 자동차 샐리, 녹슨 고물 견인차 메이터……. 이들 자동차를 업신여기던 맥퀸은 점차 이들의 삶이 가진 알 수 없는 매력에 이끌리기 시작합니다. 서로에게 의지하고 친구가 되어주면서 '느릿느릿한 삶'을 즐기며 사는 자동차들의 모습에서 맥퀸은 '인생의 진정한 가치란 무엇인가?'란 질문을 스스로에게 던져보게 됩니다.

나만의 속도감을 찾아라 _주제 콕콕 따지기

영화의 주제를 꼼꼼하게 따져보기에 앞서, 가장 근본적인 질문 하나를 스스로에게 던져보아야 합니다.

'왜 하필 주인공은 리어카도 아니고, 병원차도 아니고, 소방차도 아니고, 경주용 자동차일까?'

생각해보십시오. 레이스 카의 존재 목적은 뭘까요? 가장 빨리 달려서 경주에서 1등을 하는 것입니다. 그러니까 당연히 레이스 카의 생명은 속도, 즉 '스피드speed' 인 셈이죠.

주인공 자동차인 맥퀸의 별명을 잘 살펴보세요. '라이트닝' 이죠. 맥퀸은 이른바 '라이트닝 맥퀸' 이라고 불리지 않습니까. '라이트닝lightning' 은 무슨 뜻인가요? '번개' 란 뜻입니다. 그러니까 맥퀸의 별명은 속도를 최고 가치로 여기는 '속도지상주의' 또는 '1등 지상주의' 에 몰입해 있는 주인공의 가치관을 상징적으로 드러내줍니다. 바로 이 지점까지 맥퀸의 삶을 지배하고 있던 단어들은 '스피드', '경쟁', '1등', '돈', '명성' 같은 단어였죠.

하지만 맥퀸의 인생관은 래디에이터 스프링스라는 시골마을을 경험하면서 백팔십도 뒤바뀌게 됩니다. 이 마을은 마치 시간이 멈춰버린 듯한 마을입니다. 이곳 자동차들은 느릿느릿 움직이며 무료하게 살아가고 있습니다. 그러나 그들이야말로 '진짜 인생' 을

살고 있는지도 모릅니다. 서로 돕고 의지하면서, 또 느릿느릿 살아
갈 수 있는 자유를 만끽하면서 말이지요.

인식을 전환해보세요. '1등'과 '빨리빨리'가 최고 가치인 질주
본능의 경쟁사회에서 꼴등 할 수 있는 자유, 느릿느릿 거북처럼 살
수 있는 자유가 정녕 얼마나 큰 자유이겠습니까? 래디에이터 스프
링스에 머물면서 맥퀸은 '스피드' 대신 '느림', '경쟁' 대신 '협조',
'1등' 대신 '친구', '돈과 명성' 대신 '사랑과 화해'가 진정 소중한
가치임을 깨닫게 됩니다. 바로 여깁니다! 여기서 '더불어 사는 삶'
이나 '느림의 가치'와 같은 멋진 문구를 주제로 떠올릴 수 있죠.

하지만 여기서 생각을 멈춰서는 안 됩니다. 생각의 브레이크를
풀고 레이스 카처럼 마구 달려보십시오. 이 영화가 그렇다고 하여
'느린 삶을 살라'고 일방적으로 강요하는 걸까요? 아닙니다. 지금
은 은인자중(隱忍自重, 참고 견디면서 몸가짐을 신중히 함)하며 시골마을

주인공 맥퀸은 어찌나 빨리
달리는지 별명조차 '번개'입
니다. 그의 삶의 가치는 '속
도', '1등', '돈', '명성' 같은
단어들로 얼룩져 있었죠.

시골마을의 이상한 자동차들은 맥퀸이 새로운 인생관에 눈뜨도록 도와줍니다.
'느림', '친구', '사랑', '화해' 같은 가치 말입니다.

에 사는 '레이스의 전설' 허드슨, 그가 맥퀸에게 들려주는 다음 조
언 속에 이 영화의 주제가 함축되어 있습니다.

　"자네만의 속도감을 찾아야 해⋯⋯."

　맞습니다. 빠른 삶도, 느린 삶도 아닙니다. 영화가 진정 전하고
자 하는 메시지는 '자신만의 속도감'을 스스로 체득하고 그 속도
를 차분하게 지켜가는 삶이죠. 다시 말해, 자기 분수와 능력에 맞

영화에 등장하는 모든 길을 유심히 살펴보세요. 맥퀸이 늘 달렸던 자동차 경주용 길(왼쪽)은 진짜 인생과는 동떨어진 '인공적인 길'입니다. 반면, 맥퀸이 새로 달리는 황무지(오른쪽)는 인생 그 자체죠.

는 목표와 역할에 충실한 삶을 살라는 것입니다. '안분지족(安分知足, 편안한 마음으로 제 분수를 지키며 만족함)'의 삶 말입니다.

시골마을의 작고 낡은 차들이 자기에게 주어진 역할을 소중히 여기며 살아가고 있는 것도 마찬가지입니다. 녹슬고 허름한 견인차 메이터처럼 '궁지에 빠진 남을 이끌어주는 역할'을 하는 차도 있고, 또 귀도처럼 다른 자동차의 타이어를 귀신 같은 솜씨로 빨리 갈아주는 자동차도 있어야 하지 않겠습니까. 그것이 바로 '더불어 사는 사회'입니다.

Better late than never! _생각 팍팍 키우기

영화 〈카〉는 자동차를 의인화(擬人化, 사람이 아닌 것을 사람에 비기어 표현함)했습니다. 그렇다면 왜 영화는 의인화라는 방법을 택했을까요? 그건 자동차를 사람에 빗대어 표현함으로써 인생의 본질을 관통하는 빛나는 세계관을 더 효과적으로 전달할 수 있겠다는 판단에서입니다.

그러므로 이 영화 곳곳의 대사나 설정에는 인생의 진리를 담은 놀라운 의미들이 숨어 있습니다. 자, 그럼 지금부터 영화 〈카〉의 장면 장면에 어떤 함의(含意, 숨은 뜻)가 녹아 있는지 들춰내볼까요.

🎬길road 길은 흔히 인생에 비유되곤 합니다. 그러나 맥퀸이 달려왔던 레이스용 길은 진정한 인생이라고 볼 수 없죠. 타인에 의해 잘 닦여져 있고, 어떤 코스의 길이 나올지 뻔히 앞이 내다보일 만큼 예측 가능하며, 늘 돌고 돌면서 반복되고, 좌고우면(左顧右眄, 이리저리 살피며 고민함)할 것 없이 앞으로 질주하기만 하면 되는 단순한 길이니까요. 그러니까 맥퀸이 달렸던 길은 '누군가에 의해 주어진 인생' 혹은 '늘 예측 가능한 가짜 인생'을 의미한다고 볼 수 있죠.

그러나 시골마을 래디에이터 스프링스에서 맥퀸이 난생처음 달려보는 비포장도로는 그야말로 인생 그 자체입니다. 한치 앞에 어떤 장애물이 나타날지 모른다는 점(미래를 예측할 수 없는 인생), 때론 핸들을 돌린 방향과 정반대 방향으로 차가 꺾인다는 점(욕심대로 되지 않는 인생), 딱 한 바퀴로 결정된다는 점(단 한 번뿐인 인생)은 모두 인생에 대한 절묘한 비유가 아닐 수 없죠. 그러니까 "브레이크를 너무 세게 잡지 말고 잡았다 놓으면서 그 힘으로 달려!"라는 허드슨의 조언 속엔 자꾸 브레이크를 잡지 않고 물 흐르듯 '순리대로 사는 인생'이 숨어 있습니다.

전조등headlight 맥퀸에게는 밤길을 밝히는 전조등이 있나요? 없습니다. 맥퀸의 전조등은 진짜가 아니라 전조등 모양의 스티커를 붙여놓은 것이니까요. 그럼 맥퀸에게 전조등이 없다는 사실은 무엇을 뜻할까요? 맥퀸은 어둡고 컴컴한 밤길을 달릴 필요가 없었다는 얘기죠. 맥퀸은 늘 환하게 밝혀진 자동차 경기장만 다람쥐 쳇바퀴 돌듯 달려왔으니까요. 하지만 '진짜 인생'의 길에선 전조

맥퀸에겐 왜 전조등이 없을까요? 또 맥퀸에겐 없는 사이드미러가 낡은 견인차 메이터에겐 왜 달려 있을까요? 전조등과 사이드미러는 알고 보면 인생에 대한 절묘한 비유랍니다.

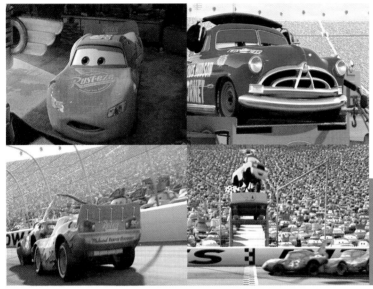

만신창이가 된 동료 자동
차를 맥퀸이 뒤에서 밀고
결승선을 통과하는 장면
은 맥퀸의 가치관이 어떻
게 변했는지를 극적으로
보여줍니다.

등이 꼭 필요합니다. 인생은 때로 어둠에 가려져 한치 앞을 내다볼
수 없을 때가 있으니까요.

🚗 거울mirror 맥퀸에겐 사이드미러(후면을 비추기 위해 앞좌석 양
옆에 붙어 있는 거울)마저 없습니다. 이 사실을 잘 음미해보세요. 맥
퀸이 뒤를 비춰볼 필요가 없었다는 얘기가 되니까, 결국 '뒤돌아보
지 않은 채 오직 앞만 보고 달려온' 맥퀸의 인생에 대한 절묘한 비
유가 아닐 수 없습니다.

시골마을의 낡은 견인차 메이터를 보십시오. 그는 비록 느린데다

녹까지 슬었지만 사이드미러를 보면서 귀신 같은 솜씨로 밤길에도 후진을 할 수 있습니다. 이는 메이터가 인생을 뒤돌아볼 줄 아는 진정한 마음의 여유를 가졌다는 사실을 암시하는 대목이죠.

자, 영화 〈카〉의 클라이맥스를 기억하는지요? 1등으로 달리던 맥퀸은 결승점을 코앞에 두고 갑자기 급정지합니다. 그러고는 후진을 하지요. 불의의 사고로 만신창이가 되어 내동댕이쳐진 동료 자동차 킹을 돌보기 위해서입니다. 평생 1등을 차지하기 위해 앞만 보고 달려왔던 맥퀸이 난생처음으로 다른 누군가를 위해 후진을 하는 겁니다! 맥퀸이 이제는 뒤돌아볼 줄 아는 삶의 소중한 가치를 깨닫게 되었다는 사실을 말해주는 장면인 것입니다.

늙은 자동차 허드슨과 젊고 패기에 찬 맥퀸이 시골길에서 레이스 시합을 벌이는 장면. 맥퀸은 쏜살같이 출발선을 뛰쳐나가지만, 허드슨은 뒤늦게 어슬렁어슬렁 출발할 채비를 합니다. 그러면서

'레이스의 전설' 허드슨은 출발선을 '쌩' 하고 먼저 뛰쳐나간 맥퀸을 절대 부러워하지 않습니다. 대신 말하죠. "Better late than never!"

보석 같은 한마디를 던지죠.

"Better late than never!"

"안 가는 것보다는 그래도 늦게 가는 편이 낫다"는 얘기죠. 맞습니다. 비록 남보다 늦게 출발할지라도 끝까지 포기하지 않고 결승선까지 달리는 게 진정 소중한 인생의 태도라는 사실을 영화는 말하고 있었던 겁니다.

잊지 마세요. Better late than never!

글쓰기 12계명
인용문과 우화를 써먹어라

　　　　　　　　리더십 관련 책들을 보면 스토리텔링
의 중요성을 강조하는 대목이 자주 나옵니다. 과거처럼 리더가 목
표를 일방적으로 정하고 구성원들이 그 목표를 이루도록 채근하는
시대는 지났습니다. 목표 설정 과정에 구성원들이 참여하고, 이를
실현하는 방법을 함께 토론하는 것이 현실입니다. 그런 점에서 리
더들이 이야기하는 방식에 대해 공부하는 것은 타당합니다. 같은
말도 달리하면 더 설득력이 높아지게 마련입니다.

　그래서일까요. 한때 자기계발서 관련 시장을 볼라치면, 새로운
가치관을 우화 형식을 빌려 말하는 책들이 베스트셀러로 등극하는
경우가 있었습니다. 읽고 나면 주제는 좀 뻔한데, 이야기하는 방식
이 신선하다 보니 귀담아들은 것이 아닌가 싶습니다. 이런 사실에
착안한다면, 우화 형식으로 자신의 이야기를 전하는 방식에 대해

서도 깊이 연구해볼 필요가 있습니다. 일방적으로 메시지를 전달하기보다는 재미있으면서도 상징과 은유를 통해 말하다 보면 훨씬 설득력이 높아집니다.

우화로 말하기의 달인은 예수가 아닌가 싶습니다. 성경에 나온 말씀을 들어보면, 이토록 설득력 높은 스토리텔링이 없지 않을까 하는 생각이 듭니다. 그 말을 하게 된 상황에 적절한 메시지를 던지면서 후대 사람들에게도 영향력을 끼치는 말이지요. 그런 점에서 나이가 많거나 힘이 더 있거나 자리가 높은 사람이라면, 그래서 상대적으로 나이가 적거나 힘이 모자라거나 아랫사람에게 무언가를 권하고자 할 때는 우화 형식으로 말하는 습관을 들일 필요가 있을 성싶습니다.

어느 책엔가 〈마태복음〉의 달란트 우화를 인용했더군요. 다섯 달란트 받은 이는 다섯 달란트 남기고, 두 달란트 받은 이는 두 달란트 남기고, 한 달란트 남긴 이는 그것을 땅에 묻어두었다 찾아왔다는 내용이지요. 이 우화를 소개한 다음 "보다 나은 사람이 되려는 노력이나 투자활동, 자녀교육 또는 조직의 변화 프로그램 실행 등 여러 활동에 투사될 수 있다"고 평가합니다. 우화를 경영현장에 어떻게 접목시킬 수 있나를 보여주는 사례입니다.

우화로 말하기로 가는 지름길은 의인화가 아닌가 싶습니다. 사람 아닌 것이 사람처럼 감정과 사유를 한다 치고 이야기를 풀어나가는 것이지요. 이 분야의 달인은 단연 이솝이겠지요. 어렸을 적에 읽고 나서 이야기 자체가 흥미롭기도 하지만, 거기에 담긴 교훈도 아주 재미있었던 듯합니다. 그런 장점이 발휘되는 데에는 아무래도 의인화 기법이 유효했다고 할 만합니다. 몇 년 전 베스트셀러가 된 《누가 내 치즈를 옮겼을까》가 여기에 해당합니다.

이렇게 말하고 나면 우화로 말하는 것이 쉬울 듯합니다. 그렇지만 바라는 목적을 위해 얼마나 유연하게 글을 썼느냐 하는 점을 평가하면, 결코 쉽지 않습니다. 형식만 차용하면 식상한 글이 될 가능성이 높고, 교훈을 너무 내세우다 보면 뻔한 이야기가 될 터입니다. 정말, 글 쓴다는 것만큼 어렵고 힘든 일이 없는 듯합니다.

그래도 우화 형식에 한번 도전해볼 만합니다. 우리가 너무 직설의 시대를 살고 있어서 더 그런 듯합니다. 빨리 효과를 보기 위해 스스로를 닦달하는 모양새입니다. 그렇지만, 사람 마음을 사로잡는다는 게 어디 수월한가요. 내공 깊은 이만이 해낼 수 있는 일입니다. 우화 만들기가 어렵다면, 우화를 적절하게 인용해 자기가 하고 싶은 말을 전하는 방식도 고민해볼 만합니다.

우화의 장점은 서로 달리 해석될 여지가 풍부하다는 점입니다. 다른 사람이 같은 우화를 어떻게 해석해 인용했다 하더라도 거기에 기죽을 필요는 없습니다. 그 우화에서 내가 쓰고자 하는 주제와 유사한 점을 제대로 찾아낼 수만 있다면 얼마든지 쓸 수 있습니다. 오히려, 그 우화의 새로운 가치를 읽어냈다는 점에서 글을 읽는 사람들에게 높은 점수를 받을 수 있습니다.

글쓰기에서 빼놓을 수 없는 것이 인용입니다. 주제의식을 강화한다는 점에서 인용을 많이 하게 되지요. 요즘은 인터넷이 있어 인용하기가 수월합니다. 그런데 한두 구절 인용해보는 훈련만큼이나 흔히 생각하는 것과 다르게 해석할 여지가 있는 대목을 인용하고, 이를 풀어나가는 인용도 자꾸 연습 삼아 해볼 필요가 있습니다. 그러다 보면 실전에서 잘 활용할 수 있기 때문입니다.

논리학으로 보면 인용은 오류에 해당하는 모양입니다. 권위에 의존해 자신의 논리를 강화하는 짓이 되니까 말입니다. 그러나 글쓰기는 오류를 넘어선 곳에 있습니다. 내 주장을 더 강하게 전하려면 오류도 두 눈 딱 감고 저지르는 배포가 요구되는 거지요.

만들어보든 인용하든, 우화는 좋은 글을 쓰는 데 적절한 재료가 될 수 있습니다. 혹 자신의 글이 지나치게 설교조라는 비판을 들어본 적이 있다면, 우화에 관심 기울여보길 권합니다.

나의 현실을 의심하라 vs
글쓰기는 질문이다

SF 액션영화사에 굵직한 선을 그은 영화 〈매트릭스〉는 액션과
철학이 담겨 있습니다. 장자의 호접지몽, 보드리야르의 시뮬라크르 등
철학적 개념을 영화는 어떻게 펼쳐놓고 있을까요.

"인간은 왜 살까?" "인간은 어디에서 와서 어디로 가는가?" 아, 정말 환장할 질문이군요. 일류대학 가는 데도, 떼돈을 버는 데도, 부잣집 딸과 결혼을 하는 데도 전혀 도움되지 않는 질문이지요. 하지만 때론 이렇게 한심한 질문이 인류의 문명과 사상사를 열기도 해요. 우리는 학교에서, 직장에서 갖가지 시험을 치르면서 답을 찾아요. 하지만 단 한 번도 질문하는 법을 배우진 않잖아요? 그래서 질문할 줄 아는 사람, 질문할 줄 아는 영화, 질문할 줄 아는 글쓰기는 더욱 위대하지요. "왜?"라는 질문을 던져보세요. 세상이 뒤집혀 보일 걸요?

나의 현실을 의심하라

매트릭스 | 감독 앤디 워쇼스키, 래리 워쇼스키 | 1999

　지금까지 제가 직접 만나본 국내외 은막의 스타 중 가장 충격적으로 다가온 인물은 키아누 리브스였습니다. 그의 얼굴 폭은 얼마나 좁던지, 백과사전 한 권 너비밖에 되지 않아 보였습니다.(그는 어찌하여 이렇게 작은 머릿속에 들어 있는 뇌로 영화 대본을 다 외울 수 있었을까요?) 극단적으로 갸름한 얼굴을 통해 키아누 리브스가 뿜어내는 뭔가 비인간적이고 황량한 느낌의 무표정, 그것이 진정 빛을 발한 영화가 〈매트릭스〉입니다.

　SF 액션영화들은 '매트릭스 이전'과 '매트릭스 이후'로 나뉜다고 감히 단언할 만큼, 이 영화는 현대 영화사에 굵은 획을 그었습니다. 〈매트릭스〉는 '액션'과 '철학'이 절묘한 균형을 이루면서 '스타일'과 '의미'라는 두 마리 토끼를 모두 잡은 영화로 기록되고 있으니까요.

가상현실 속을 살아가는 인간들 _스토리 라인

　　컴퓨터 소프트웨어 회사 직원인 앤더슨(키아누 리브스)은 두 개의
삶을 살고 있습니다. 낮에는 컴퓨터 프로그래머이지만 밤에는 '네
오'라는 이름을 가진 해커로 변신하죠. 컴퓨터 네트워크를 교란하
여 불법 소프트웨어를 사람들에게 비밀리에 팔아넘기는 것입니다.
어느 날 네오는 자신의 일거수일투족을 손바닥 보듯 들여다보는 누
군가의 메시지를 컴퓨터를 통해 접하게 됩니다. 네오는 메시지를 보
낸 장본인인 트리니티(캐리 앤 모스)와 모피어스(로렌스 피시번)를 만나
게 되죠.

　　네오는 모피어스를 통해 엄청난 진실과 마주하게 됩니다. 자신을
포함한 인간들은 알고 보니 진짜 현실이 아닌, 인공지능 컴퓨터가
지배하는 가상현실 속을 살아가는 컴퓨터 프로그램에 불과했다는
사실이죠. 인간들은 태어나자마자 컴퓨터에 의해 길러지면서, 마치
라디오 속 건전지처럼 컴퓨터를 위해 에너지를 제공하는 동력원으
로 쓰이고 있었던 것입니다. 대신 컴퓨터는 인간의 두뇌를 조종해
매트릭스라는 가상현실 속에 자신들이 실제로 사는 것 같은 착각을
선물함으로써 인간들로 하여금 달콤한 가상현실을 만끽하고 현재에
만족하며 살아가도록 만들고 있었습니다.

　　모피어스와 트리니티는 네오가 억압적인 매트릭스의 세계로부터

네오, 가상세계를 박차고 나오다.

낮에는 컴퓨터 프로그래머로, 밤에는 컴퓨터 네트워크를 교란시키는 해커로 변신하는 네오. 그는 《시뮬라크르와 시뮬라시옹》이라는 두꺼운 책 속에 불법 소프트웨어를 숨겨놓고 있습니다.

"인간은 사실 인공지능 컴퓨터에게 동력을 제공하는 에너지원에 불과하다." 모피어스는 건전지를 들어 보이면서 네오에게 설명합니다. 인간은 한낱 건전지에 불과하단 거죠. 네오는 인간의 해방을 위해 목숨을 건 투쟁에 나섭니다.

인간의 해방을 가져다줄 '구원자The One'라고 굳게 믿습니다. 하지만 네오는 자기 스스로가 과연 그 존재인지를 끊임없이 의심합니다. 네오는 컴퓨터 시뮬레이션 프로그램을 통해 유도, 태권도, 쿵푸와 같은 각종 무술을 삽시간에 익힌 뒤 마침내 투사가 됩니다. 그러곤 인간 해방을 위해 매트릭스의 세계 속으로 뛰어들지요. 네오는 매트릭스의 세계에 대항하는 인간들을 색출해 제거하는 임무를 가진 스미스 요원(휴고 위빙)과 건곤일척의 대결을 벌입니다.

네오는 스미스에 의해 제거됩니다. 하지만 그는 알 수 없는 힘에 이끌려 다시 살아나고, 결국엔 스미스를 물리칩니다. 네오는 매트릭스로부터 인간 해방을 이끌어줄 구원자, 즉 예언 속의 '그'였던 것입니다.

날아오는 총알을 유연한 동작으로 피하는 네오의 모습. 〈매트릭스〉가 액션과 비주얼의 새로운 장을 열었다는 평가를 받는 데 중요한 근거가 되었던 장면입니다.

여전사 트리니티의 멋진 발차기를 기억하는지요? 스타일이 넘치는 이른바 '독수리 타법'. 게다가 허리를 활처럼 구부려 다가오는 총알을 유연하게 피하는 네오의 환상적인 모습. 영화사에 전무후무할 이런 명장면을 만들어내면서도 영화 〈매트릭스〉는 그 속에 깊은 철학적 성찰까지 담고 있습니다.

　영화의 주제는 모피어스가 네오에게 건네는 다음 대사 속에 숨어 있습니다.

　"진짜 현실 같은 꿈을 꿔본 적이 있나? 그 꿈에서 깨어난다면, 그것이 꿈인지 생시인지 어떻게 알 수 있지?"

　멋진 질문이죠. 컴퓨터가 만들어낸 가상현실 속에 파묻혀 인간이 달콤한 꿈을 꾸고 있다면 그게 '진짜 현실'인지 아닌지를 스스로 어떻게 인식할 수 있을까요? 지금 우리도 어쩌면 다른 세계에 사는 '또 다른 우리'가 꾸고 있는 꿈속 주인공일지도 모르는데 말입니다. 결국 영화의 주제는 '컴퓨터가 지배하는 가상세계에서 인간이 갖는 정체성의 문제'라고 진단할 수 있겠죠.

　마침 영화의 이런 주제의식과 딱 맞아떨어지는 동양 철학사상 하나가 있는데요. 장자가 말한 '호접지몽胡蝶之夢'입니다. 어느 날 장자는 자신이 나비가 되어 날아다니는 꿈을 꾸었는데, 꿈에서 깨

우리가 느끼는 '현실'이라는 건 대뇌에 주어진 전기적 자극에 불과한 건 아닐까요? 대뇌만 완벽하게 통제할 수 있다면, 우리가 느끼는 현실도 완전하게 조작할 수 있는 건 아닐까요?

어나보니 '내가 꿈속에서 나비가 된 것인지, 아니면 내가 원래 나비인데 지금 사람이 되는 꿈을 꾸고 있는 건지' 알쏭달쏭하다는 생각을 했다는 데서 유래한 말이 '호접지몽' 이죠.

모피어스는 네오에게 이렇게 말합니다.

"진짜가 뭐지? 진짜를 어떻게 정의하지? 촉각이나 후각, 미각, 시각을 뜻하는 거라면 진짜라는 건 두뇌가 해석하는 전자신호에 불과해."

그렇습니다. 우리는 눈, 코, 입, 그리고 손끝으로 느끼면서 세상을 속속들이 안다고 믿습니다. 하지만 이건 대뇌가 해석하는 정보에 불과한 것 아닐까요? 인간의 뇌만 조작하면 인간이 느끼는 현실 자체를 얼마든지 조작할 수 있기 때문입니다. 컴퓨터가 인간의 두뇌까지 완벽하게 장악하게 되는 미래가 온다면, 과연 인간은 자기 자신이 '진짜로 존재한다'는 걸 어찌 인식할 수 있겠느냐는 문제

246

제기입니다.

그런데 영화는 '가상세계에서의 인간의 정체성 문제' 보다 한층 더 깊고 세련된 메시지를 전하려 합니다. 이 메시지는 모피어스가 건넨 빨간 알약과 파란 알약을 동시에 제시하는 장면과 함께 시작됩니다. 빨간 알약을 선택해 먹음으로써 비로소 가상세계를 박차고 나온 네오. 그가 현실의 문을 열었을 때 모피어스는 이런 첫 인사말을 던집니다.

"Welcome to the desert of the real(진실의 사막에 온 것을 환영하네)."

우리는 '진실the real'이 달콤하다고 믿습니다. 하지만 어쩌면, 진실은 꿈보다 훨씬 더 쓰고 괴로운지도 모릅니다. 네오에게 제시되는 두 알약의 색깔에서 이미 이런 내용은 암시되어 있습니다. 파란색 알약은 일견 평화로운 색깔(파랑)을 띠고 있지만 일단 먹게 되면 영원히 매트릭스의 세계에 갇혀 진실을 자각하지 못하게 됩니다. 반면 빨간색 알약은 겉보기엔 피의 고통(빨강)으로 가득 차 있는 듯하지만 먹고 나면 비로소 진실에 눈을 뜨게 되지요.

기계가 보장하는 달콤한 꿈의 세계를 뿌리치고 네오가 얻은 자유의 대가는 오히려 황량하고 비루한 현실이었습니다. 그렇습니다. 더 실망스럽고 더 험한 현실일지라도 '진짜 현실'을 선택해야만 진정한 자아를 찾을 수 있다는 메시지를 영화는 전하고자 했던 것입니다. 결국 '미래세계에서의 인간의 정체성'과 더불어

"진실의 사막에 온 것을 환영하네." 그렇습니다. 진실은 거짓보다 더 황량하고 고통스러울지도 모릅니다.

영화 〈매트릭스〉가 품고 있는 또 하나의 발전적 키워드는 '진정한 자유를 향한 인간의 선택과 의지', 즉 '자유의지'라고 할 수 있습니다.

복제 이미지들이 현실을 대체 _생각 팍팍 키우기

영화 초반부에 쓱 지나가버리지만, 알고 보면 아주 중요한 장면이 있습니다. 네오의 아파트로 누군가가 찾아옵니다. 네오에게 불법 소프트웨어를 사고자 하는 구매자들이죠. 네오는 두꺼운 책 한 권을 펼쳐 그 속에 숨겨둔 소프트웨어를 꺼냅니다. 그 순간 네오가 손에 든 책의 표지를 잘 살펴보세요. 바로 프랑스의 포스트모더니즘 철학자 장 보드리야르가 쓴 유명한 책 《시뮬라크르와 시뮬라시옹》입니다.

'시뮬라크르'는 뭔가요? '원본보다 더 실제적인 복제'를 뜻합니다. 그럼 '시뮬라시옹'은 뭘 말하나요? '시뮬라크르를 통해 이뤄진 세계'입니다. 결국 보드리야르가 주장한 '시뮬라시옹Simulation'이

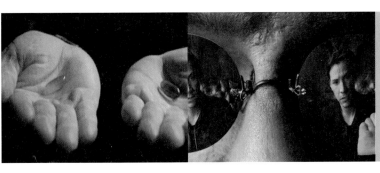

모피어스가 네오에게 내민 양 손바닥에는 각각 빨간색과 파란색 알약이 놓여 있습니다. 여러분이라면 어떤 알약을 선택하겠습니까? '현실이 꿈보다 고통스럽다'는 사실이 알약 색깔로 암시되고 있어요.

론이란 건 '복제된 가상의 이미지들에 의해 현실이 대체되면서 진정한 사실이란 게 증발되어버리는 현상'을 뜻합니다.

현대는 수많은 미디어(매체)를 통해 무수한 이미지를 토해냅니다. 하지만 그 이미지들은 '사실'이 아닙니다. '사실'을 '복제'한 이미지일 뿐이죠. 그런 이미지들을 모아 우리는 '현실'이라 인식하고 맙니다. 그래서 우리는 결국 이런 이미지의 홍수 속에서 현실 자체를 망각해버린 채 현실을 복제한 이미지들을 현실로 착각한다는 것입니다.

전쟁 생중계를 예로 들어볼까요? 우리는 한 번도 이라크전쟁을 눈으로 직접 보지 못했습니다. 다만 이라크전쟁 상황을 카메라에 담은 TV 뉴스 속 이미지들을 보았을 뿐이지요. 그런데도 우리는 여전히 이라크전쟁이라는 '현실'을 우리가 정확히 인식하고 있다고 믿습니다. 그건 '사실'을 '복제'한 TV 이미지들이 어느새 '사실 자체'를 대체해버리고 있음을 보여줍니다. 우리는 TV를 통해 중계되는 강렬하고 잔혹한 이미지들을 보고 그것을 '이라크전쟁'이라는 '사실'로 받아들이니까요.

여기서 '하이퍼리얼리티hyperreality'라는 유식한 용어의 의미가 도출됩니다. '하이퍼'라는 접두어가 '과잉의' 또는 '과도한'이란 의미를 갖고 있으므로 '하이퍼리얼리티'는 우리말로 '과도 현실' 혹은 '극 실재'라고 할 수 있지요. 미디어들이 쏟아내는 더 자극적이고 강렬한 이미지를 '현실'로 받아들이면서 '진짜 현실'이 뭔지를 알 수 없게 되는 현상 말입니다.

아, 갑자기 무지하게 유식해지는 느낌입니다. 〈매트릭스〉의 각
본과 감독을 겸한 워쇼스키 형제는 실제로도 무척 어려운 철학책
들을 종횡무진으로 읽는다고 하는데요. 이 영화를 찍기 전에도 주
연배우인 키아누 리브스에게 보드리야르의 책을 건네주면서 반드
시 독파할 것을 권했다고 합니다.

인생의 구원자는 나 자신 _유연하게 생각하기

이 영화 속 네오를 두고 생각해보죠. 네오는 자기 스스로 인류의
'구원자'라는 사실을 확신하지 못합니다. 하지만 스미스 요원의
총에 맞아 숨졌던 그는 다시 부활해 스미스를 물리침으로써 인류
의 구원자임을 확인합니다.

자, 숨졌다가 부활해 인류의 메시아임을 확인시켜주는 존재는
또 누가 있을까요? 그렇습니다. 예수 그리스도입니다. 〈매트릭스〉
속 네오는 예수의 알레고리(비유)였던 것입니다. 네오는 예언자(오
라클)의 예언에 따라 인류를 구원할 메시아로 태어나 시련 속에서
부활해 구세주가 되는 존재, 바로 예수였던 것이지요.

이 영화의 첫 장면에는 이미 네오가 메시아라는 암시가 재치 있게 숨어 있습니다. 불법 소프트웨어를 사기 위해 찾아온 사람들에게 네오는 소프트웨어를 건네줍니다. 그러자 소프트웨어를 받은 사람은 이렇게 소리칩니다.

"할렐루야! 넌 나의 구세주야. 지저스 크라이스트!"

이 말은 물론 소프트웨어를 구해줘서 고맙다는 감탄의 표현이지만, 동시에 네오가 진정 인류의 '구세주'이자 지저스 크라이스트(예수)가 되리란 사실을 중의적으로 표현하는 대목이지요.(그래서 영화는 속속들이 뜯어보아야 합니다)

이뿐만이 아닙니다. 네오의 정체는 이미 '네오Neo'라는 이름 속에 절묘하게 암시되어 있습니다. 영화 속에서 '그'로 표현되는 구원자이자 절대적인 존재는 영어로 'The One'이라고 표현되는데요. 'One'이란 단어에서 첫 번째 철자인 오o를 떼어다가 맨 끝에

불법 소프트웨어를 사기 위해 네오를 찾아온 사람들은 이렇게 말합니다. "넌 나의 구세주야. 지저스 크라이스트!" 이 대사 속에 엄청난 비밀이 숨어 있다는 사실을 아세요?

인류를 구원하는 주인공의 이름은 '네오'입니다. 아하! 그 이름 속에 이미 답이 숨어 있었군요.

붙여보십시오. 어떤 단어가 되나요? 엔$_n$ 이$_e$ 오$_o$, 즉 '네오$_{Neo}$', 주인공의 이름이 됩니다. 결국 '네오'라는 이름은 '새로운'이라는 단어 그대로의 뜻말고도 그가 인류의 미래를 살릴 구원자가 될 거라는 복선이 깔려 있었던 것입니다.

〈매트릭스〉에 등장하는 호칭들을 더 깊숙이 파고들어보면 진실로 새로운 세상이 열리는 기분입니다. 영화들은 많은 경우 등장인물의 호칭 속에 단순한 이름 이상의 의미를 녹여넣습니다.

일단 주인공의 이름을 살펴볼까요? 모피어스와 트리니티 등 인류 구원을 위해 나서는 전사들은 한결같이 주인공을 "네오"라고 부릅니다. '네오'는 가상현실을 극복하고 진정한 인간 존재가 된 주인공의 이름이니까요.

하지만 기계 세계에 저항하는 인간들을 무자비하게 처단하는 스미스 요원은 말끝마다 주인공을 "네오"가 아닌, "미스터 앤더슨!" 이라고 부릅니다. 그건 스미스 요원이 남다르게 예절바른 존재라서가 아닙니다. '앤더슨'은 가상현실 세계 속에서 주인공이 줄곧 사용해온 이름입니다. 스미스는 주인공을 '네오'가 아닌 '앤더슨' 이라 호칭함으로써 '넌 인류의 구원자가 아니라 가상현실 속에 갇힌 불쌍한 인간에 불과하다'는 메시지를 함께 표현하고 있는 셈이죠. 따라서 "미스터 앤더슨" 하고 부르는 스미스 요원에게 주인공이 "내 이름은 네오야"라고 당당히 밝히는 이 영화의 클라이맥스는 가히 폭발적인 장면이 아닐 수 없습니다. '난 컴퓨터 세계의 희생물이 아니라 내 삶을 스스로 선택하는 주체적인 인간이 되겠다'는 의지를 담은 존재 선언이라고 할 수 있으니까요.

트리니티는 네오의 귓가에 이렇게 소곤거립니다.

"It's the question that drives us(우리를 움직이는 건 바로 질문이야)."

맞습니다. 우리를 움직이는 건 바로 '질문'입니다. 아무리 달콤한 현실일지라도 작금의 현실에 만족하지 않고 계속 질문을 던질

때만이 우리는 비로소 '존재' 할 수 있다는 사실을 영화는 말해주
고 있습니다.

　네오가 매트릭스의 세계를 깨부수고 나왔던 것처럼 나 자신, 나
를 둘러싼 숨막히는 현실을 깨부수는 인생의 '해커' 가 될 수는 없
는 걸까요? 파란 알약이 아니라 빨간 알약을 집어삼키는 용기가 필
요한 때입니다.

이권우의 영화 보고 글쓰기

글쓰기 13계명

글쓰기는 질문이다

"우리 사회에서는 문제 해결이 지나치게 과대포장되어 있다. 사실 그보다 훨씬 더 흥미로운 것은 문제 창조다. 왜냐하면 스스로에게 정말 흥미로운 질문을 던졌을 때 어느 누구의 답도 들어맞지 않는다면, 그건 알 수 없는 목적지를 향해 자신만의 길을 걸어가도록 문을 활짝 열어젖히는 것과 같기 때문이다."

얼마 전 읽었던 창의성에 관한 책에 나온 구절입니다. 저는 이 대목을 읽다 그야말로 무릎을 쳤더랬습니다. 정말 맞는 말이라고 여겨서이지요. 우리는 궁금해합니다. 창의적인 사람들은 그 기발한 아이디어나 영감을 어디에서 얻을까, 라고 말입니다. 아마도 선물이라고 생각하는 사람들도 많을 듯합니다. 타고났다거나 신이 주셨거나 했으리라는 말이지요.

그렇지만 모두가 다 타고났다고 할 수 없는데다 타고난 것을 갈고 닦지 않으면 소용없는 경우도 자주 보게 됩니다. 그렇다면 우리의 관심은 어떤 경우에 창의성이 발휘되느냐 하는 데 모아질 수밖에 없지요. 앞에 인용한 구절은 바로 빼어난 질문이 창의성으로 이끄는 동력 가운데 하나라는 것을 시사하고 있습니다.

오랫동안 우리는 답을 찾는 데만 익숙해졌습니다. 질문은 교사가 던져줍니다. 그러면 배우는 사람들은 그 답이 어디에 있나 찾아냅니다. 이런 식의 교육에 문제가 있다는 것은 누구나 다 압니다. 무엇보다도 스스로 생각하는 힘을 키우는 기회를 잃게 됩니다. 교사가 정답이라고 생각하는 것을 찾아내다 보면 답을 찾아가는 과정을 소홀히 하게 마련입니다. '무조건 외워라!' 라는 말은 그래서 생겨난 것이지요. 그런데 더 큰 문제는 질문하는 권한을 교사한테 빼앗겼다는 것입니다. '왜 그런지', '어떻게 그렇게 되는지', '그래서 다른 문제는 없는지' 라며 끊임없이 질문을 던지고, 이를 해결하기 위해 노력하는 과정에서 지적 훈련을 받게 되고 스스로 문제를 해결하는 힘을 키우게 되는데도 말입니다.

글쓰기를 가르치면서 저는 우리 사회가 질문의 힘을 너무 등한시해왔다는 사실을 깨닫게 되었습니다. 뜻밖이라 여기시나요? 아닙니다. 질문과 글쓰기는 아주 밀접하게 관련되어 있습니다. 앞에 인용한 구절에서 알 수 있듯, 날카로운 질문을 스스로 던질 때 창의성이 발휘됩니다. 비근한 예로 플라톤의 《국가》를 들 수 있습니다. 이 책은 결국 올바른 것이 무엇이냐는 질문에 대한 답입니다. 그 답을 찾아가는 과정에서 그 유명한 소크라테스의 질문공세가 펼쳐집니다. 기실 《국가》는 질문 투성이입니다. 이런 질문이 없었다면 정의에 대한 새로운 사유가 담긴 빛나는 책을 쓸 수 없었을 것입니다. 다른 예로는 베버의 《프로테스탄티즘의 윤리와 자본주의 정신》을 들 수 있습니다. 이 책은 마르크스의 《자본론》과 더불어 자본주의 발생사를 가장 잘 분석한 고전으로 평가받습니다. 그런데 베버의 책은 핵심적인 질문 하나로 이루어졌다고 말할 수 있습니다. "왜 자본주의가 발전한 지역에는 청교도들이 많았는가?"라는 질문이 그것입니다. 놀랍지 않나요. 한 줄짜리 질문에 대한 긴 답변이 결국 고전이 되었다는 사실이 말입니다.

여러 차례 말했지만, 글쓰기 초보자들의 공통점은 창의성이 부족하다는 것, 그러니까 상투적인 글을 쓴다는 점입니다. 어쩌면 글쓰기 공부를 한다는 것은 이 상투성의 늪에서 빠져나온다는 말일지도 모릅니다. 그렇다면 어떻게 해야 될까요. 이미 답을 아시겠지요. 자꾸 질문을 던져보아야 합니다. 책을 읽을 때는 '어떤 주장을 하고 있는 거지?', '어떻게 그것을 증명하고 있지?', '그 주장이 결과적으로 영향을 미칠 집단은 누구이지?', '제시하고 있는 근거 가운데 잘못된 것은 없을까?', '그 주장에 반대한다면 무엇을 근거로 해야지?' 등.

만약 글을 써야 한다면, 이런 식이 될 것입니다. '무엇을 써야지?', '왜 쓰려고 하지?', '그렇다면 무엇을 핵심 주장으로 삼을 까?', '그 근거는 무엇일까?', '이런 것들을 어떻게 엮어야 공감을 살 수 있지?', '비슷한 주제로 쓴 글 가운데 참고할 만한 것은 없을까?', '나랑 생각이 다른 사람이 보면 어떤 반응을 보일까?', '거기에 나는 어떤 식으로 답변해야지?', '지금까지 내가 생각한 것을 확 부정할 수는 없는 것일까?', '꼭 고집할 이유가 있는가?', '다 썼는데 더 고칠 데는 없을까?' 등.

농담삼아 하는 말입니다만, 드라큘라가 제일 무서워하는 게 십 자가라면, 상투성이라는 물귀신이 가장 두려워하는 것은 물음표입니다. 이미 있는 것들 사이에 답이 있다고 안이하게 여기지 말고, 스스로 질문을 던지고 그 문제를 해결하는 과정에서 비로소 독창적인 생각이 떠오릅니다. 전 세계인들을 열광의 도가니로 몰아넣은 영화 〈매트릭스〉도 따지고 보면, 한 줄짜리 질문에서 비롯되었습니다. "혹, 우리는 메트릭스에 갇힌 보잘것없는 존재가 아닐까?" 창의성의 문을 여는 만능열쇠는 질문이랍니다.

시대를 읽어라. 그러면 통(通)하리라
영상매체를 활용하라 vs

한 여자가 소복을 입고 우물 안에서 기어나오더니,
급기야 TV 화면 밖으로 튀어나옵니다. 공포영화 〈링〉은 섬뜩하기가 이루 말할 수
없지만, 정작 더 무서운 것은 따로 있습니다. 바로 매스미디어 말입니다.

"인류는 멸망할지라도 야동('야한 동영상'의 약자)은 영원하리라"는 황당한 말이 있어요. 그만큼 야동이 주는 시각적 자극이 강렬하단 뜻이겠죠. 문자는 이지적이지만, 영상은 본능적이니까요. 그래서 이젠 이른바 '이미지적인 글쓰기'가 필요한 시대이지요. 영화를 보면서 글을 더 잘 쓸 순 없을까요? TV를 보면서 글쓰기에 관한 천금같은 힌트를 얻을 순 없을까요? 요즘 "문학이 죽었다"고들 한탄하지만, 정말 그럴까요? 글쓰기는 텔레비전 드라마의 극본 속에도, 영화 시나리오 속에도, 그리고 컴퓨터 게임 속에도 싱싱하게 살아 있어요.

시대를 읽어라. 그러면 통(通)하리라

링 ｜ 감독 나카타 히데오 ｜ 1998

공포영화 〈링〉의 유명한 장면을 기억하나요? TV 속에 흰 소복을 입은 여자가 등장합니다. 그녀는 우물 안에서 기어나오더니 슬금슬금 기분 나쁘게 화면을 향해 기어옵니다. 급기야는 화면 밖으로 툭 튀어나와 눈앞까지 다가오는 바로 그 모습! 정말 간이 뚝 떨어질 것만 같은 엄청난 공포를 안겨주었던 순간이죠. 〈링〉은 이후 수많은 공포영화에 크고 작은 영향을 주었습니다. 특히 산발한 여자 원혼(원통하게 죽은 혼령)이 뚝뚝 관절을 꺾으면서 다가오는 모습은 이후 공포영화 속 귀신들의 모델이 되었죠.

그런데 진짜 놀랄 건 따로 있습니다. 귀신이 TV 화면 밖으로 튀어나오는 이 장면에는 매스미디어에 대한 신랄한 비판이 도사리고 있다는 사실이죠.

방송국 여기자인 아사가와. 그녀는 학생들 사이에 떠도는 무시무시한 괴담을 추적하고 있습니다. 괴비디오테이프를 보게 되면 곧바로 전화가 걸려오고, 전화를 받으면 정확히 1주일 뒤에 죽게 된다는 소문이죠. 소문의 근원지를 추적해가던 아사가와는 조카인 토모코가 심장마비로 처참하게 죽었다는 소식을 듣습니다. 토모코가 문제의 비디오를 본 뒤 죽었다는 사실을 알게 된 아사가와. 그녀는 전 남편인 류지와 함께 문제의 비디오테이프를 찾아나섭니다.

마침내 아사가와는 테이프를 찾아냅니다. 그녀는 테이프에 담긴 내용이 카메라로 촬영된 것이 아니라 사람의 눈을 통해 염사(念寫, 마음으로 대상을 생각하는 것만으로도 그 대상을 찍어낸다는 심령 현상)됐다는 사실을 알게 됩니다. 염사를 한 장본인이 바로 초능력을 가진 여자아이 사다코라는 사실도 밝혀내죠.

테이프를 본 아사가와와 류지에게도 어김없이 죽음의 시간이 다가옵니다. 우연히 이 테이프를 보게 된 아사가와의 어린 아들에게도 죽음이 엄습하려 하죠. 급기야 두 사람은 비디오테이프에 등장하는 우물을 찾아냅니다. 이 우물은 사다코가 비운의 삶을 마감한 장소죠. 아사가와는 우물 속으로 들어가 수십 년 전 원통

죽음의 비디오테이프를 찾아라.

방송국 여기자인 아사가와는 학생들 사이에 떠도는 비디오 괴담을 추적합니다. 특정 비디오테이프를 보면 1주일 뒤 죽게 된다니…… 아사가와는 심장마비로 숨진 조카가 1주일 전 문제의 비디오테이프를 보았다는 사실을 알게 됩니다.

비디오테이프에 담긴 내용은 마치 풀기 어려운 암호처럼 난해하기만 합니다. 카메라가 아니라 누군가의 눈을 통해 영사된 것이었죠. 이 장면을 영사한 장본인은 과연 누구일까요?

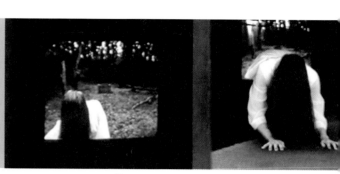

아, 영화사에 길이 남을 정말로 끔찍한 장면입니다. TV 속에서 슬금슬금 기어오던 원혼이 급기야 브라운관 밖으로 튀어나오다니! 정말 심장이 멎을 것만 같습니다.

하게 죽은 사다코의 끔찍한 시신을 찾아냅니다. 그리고 저주를 풀어주죠.

그런데 이게 웬일입니까. 아사가와는 죽음을 벗어나지만 전 남편 류지는 TV 밖으로 튀어나온 사다코의 모습에 경악하면서 심장마비로 죽게 됩니다. 도대체 같은 비디오테이프를 보았는데, 왜 아사가와는 살고 전 남편 류지는 죽는 걸까요?

결국 이사가와는 죽음에 얽힌 엄청난 비밀을 알게 됩니다.

266

공포영화에도 숨은 뜻이 있을까요? 이 영화는 특정 비디오테이프를 본 사람은 죽음을 피할 수 없다는, 어찌 보면 간단한 이야기에 불과한데 말이죠. 하지만 답은 늘 가까이에 있습니다. 〈링〉의 주제는 말 그대로 '비디오테이프를 통해 죽음이 전달되는 현상' 그 자체와 밀접한 관계를 맺고 있습니다.

자, 저주의 비디오테이프가 맨 처음 탄생하게 된 이유를 먼저 살펴볼까요? 한 아이가 자신이 즐겨보던 TV 프로그램을 비디오로 예약 녹화하는 과정에서 채널이 잘못 설정됩니다. 그 바람에 TV 전파를 타고 떠돌아다니던 죽음의 메시지가 녹화된 것이죠. 이 녹화테이프가 유포되면서 죽음이 전파되었던 것이고요.

여기서 우리는 영화의 핵심이 되는 두 개의 충격적인 설정을 꼽아볼 필요가 있습니다. 첫째는 '죽음이 TV 전파를 타고 언제 어디로든 전해질 수 있다'는 것입니다. 그리고 두 번째는 '죽음의 저주가 비디오테이프라는 매개체를 통해 무차별적으로 확산될 수 있다'는 설정입니다.

바로 여기서 우리는 다음과 같은 숨은 뜻을 간파해낼 수 있습니다. 첫째는 'TV로 대표되는 매스미디어(대중매체)가 보는 이의 심신을 피폐하게 만들다 못해 죽음만큼 무서운 매개체로 변할 수 있다' 는 메시지입니다. 그리고 둘째는 '비디오테이프로 상징되는 현대의 대중 영상문화가 저주가 유포되는 통로가 될 수 있다' 는 주장입니다. 쉽게 설명하자면, TV나 비디오야말로 현대인에게 정말 치명적인 바이러스가 될 수도 있다는 말이죠.

결국 TV 브라운관에서 슬금슬금 기어나오는 사다코는 단순한 '귀신' 이 아니라 매스미디어와 영상문화가 현대인에게 미칠지도 모르는 무시무시한 폐해에 대한 은유였던 셈입니다. 이러한 점이 〈링〉이 특히나 무서운 이유죠.

과거 대부분의 공포물은 '인과응보(因果應報, 전생에 지은 선악에 따라 현재의 운명이 결정되고, 또 현세의 선악에 따라 내세가 결정되는 것)' 나 '권선징악(勸善懲惡, 착한 일을 권하고 악한 짓을 징계함)' 의 메시지를 담고 있었죠. 무고한 여성을 죽인 남자는 결국 원혼이 된 여자에게 죽임을 당하고 만다는 식으로 말이죠.

하지만 〈링〉은 다릅니다. 인과응보나 권선징악을 찾아볼 수 없습니다. 그저 재수 없게 저주의 테이프를 보는 사람은, 그가 선하든 악하든 상관없이 죽음을 피할 수 없는 것이죠. 그 누구라도, 언제 어디서나, 별다른 이유 없이 죽을 수 있다……. 〈링〉은 현대인이 느끼는 이런 죽음의 공포를 제대로 건드렸던 것이죠.

고교생들의 집단적 히스테리 반영

_생각 팍팍 키우기

공포영화는 많은 경우 특정한 시대상을 반영합니다. 특정한 시대, 특정한 집단이 지닌 뿌리깊은 공포가 영화에 슬그머니 녹아 있기도 하다는 말이죠.

〈여고괴담〉을 예로 들어볼까요? 이 영화는 귀신이 한 여학생의 모습을 한 채 똑같은 학교, 똑같은 반, 똑같은 자리에 몇 년이고 앉아 있었지만 누구도 알아보지 못했다는 내용을 담고 있습니다. 정말 간담이 서늘한 내용이 아닐 수 없죠. 〈여고괴담〉은 이런 이야기를 통해 치열한 입시전쟁 속에서 점차 잊혀져가는 학생 개개인의 인격문제, 즉 '인간 소외'의 메시지를 던지고 있었던 것입니다.

〈링〉도 마찬가지입니다. 우리는 〈링〉을 보면서 이런 질문을 스스로에게 던져볼 필요가 있습니다. '왜 하필 비디오 괴담이 고교생 사이에서 집중적으로 확산되는 걸까?' 하고 말이죠.

바로 〈링〉에는 이 영화가 제작된 1998년, 즉 1990년대 말에 일본 고교생 집단이 느끼고 있었던 집단적인 공포가 깃들어 있다는 사실입니다. 생각해보세요. 영화 속에서 저주의 비디오테이프를 본 고교생들은 하필 자동차 안에서 비밀스런 데이트를 즐기려 하는 순간이나, 아니면 남녀 짝을 지어 산장으로 놀러갔다 온 직후 끔찍한 죽음을 맞게 됩니다. TV와 비디오테이프, 그리고 이성교제……. 이 세 가지는 공부와 시험성적이 최고의 가치로 여겨지는 억압된 삶을 사는 고교생들에게는 유혹의 대상인 동시에 치명적인 독毒이죠.

그렇습니다. 〈링〉에는 TV와 비디오도 보고 싶고 이성교제도 하고 싶지만 대학 입시를 위해 이런 욕망을 꾹 참고 이겨내야 하는 고교생들의 집단적 히스테리(비정상적인 흥분상태)가 절묘하게 몸을 숨기고 있었던 것입니다.

물신주의에 대한 경고 _유연하게 생각하기

〈링〉의 마지막 장면을 볼까요? 아사가와와 류지는 둘 다 비디오를 보았지만 아사가와는 살아나고 류지는 죽습니다. 왜 그럴까요? 죽음의 비디오테이프를 복사해 남에게 보여줄 경우, 자신은 죽음을 모면하지만 복사 테이프를 본 타인(류지)은 죽기 때문이죠.

이 대목은 다시 한 번 우리의 모골을 송연하게 만듭니다. 왜냐고요? 마치 복사기를 통해 똑같은 서류를 수도 없이 복사해내듯이 '죽음'이라는 것도 끊임없이 '복사copy'될 수 있다는 주장이 담겨

죽음도 '복사'될 수 있을까요? 비디오테이프를 본 아사가와는 죽지 않았지만, 이 테이프의 복사본을 보았던 전 남편 류지는 끔찍한 죽음을 맞습니다.

있으니까요. '복사' 혹은 '복제' 라는 건 산업화 시대의 본질인 '대량 생산' 을 상징하는 단어입니다. 비디오테이프가 수도 없이 복사되듯이 죽음이라는 저주의 바이러스도 대량 생산·복제·유통될 수 있다는 파격적인 주장을 〈링〉은 담고 있는 것이죠. 공장에서 마구 찍어내는 스팸 통조림처럼 죽음을 마구 찍어낼 수 있다니…….

〈링〉은 죽음마저 '물건' 처럼 상품화되는 산업사회의 물신주의 (物神主義, 물질적인 것을 숭상하는 주의)를 무시무시한 방식으로 꼬집으며 경고하고 있었던 것입니다.

글쓰기 14계명
영상매체를 활용하라

　　　　　　　　　글쓰기가 특별한 일이 아니라 일상이
되기 위해서는 일기와 독후감을 써보라는 말을 한 바 있습니다. 그
렇다고 지금도 초등학교 때처럼 일기와 독후감을 쓰라고 권하기는
민망한지라 말을 조금 바꿨더랬습니다. 성찰적 에세이와 서평을
써보라고 말입니다. 오십보백보인 것 같지만 사실 큰 차이가 있기
도 합니다.

　일기라고 하면, 잡스러운 일마저 써야 한다는 의무감에 젖게 되
지만, 성찰적 에세이라 하면 달라집니다. 겪은 일 가운데 스스로에
게 어떤 메시지를 전달한 경우만 쓰려 하기 때문이지요. 매일 쓰면
야 좋지만, 굳이 매일 쓰지 않더라도 기회나 짬이 날 적마다 쓴다
면 여러모로 도움이 될 터입니다. 독후감도 마찬가지입니다. 독후
감이라 하면, 왠지 책 내용만 요약해놓아도 되는 양 생각하게 됩니

다. 그런데 서평이라 하면 요약과 감상을 넘어 비판도 포함하고 있지요.

글쓰기를 일상화하는 데 도움이 되는 또 하나가 있습니다. 영상매체를 활용한 글쓰기입니다. 영상매체의 힘이 커지면서, 여기서 제기한 문제의식이나 주제에 대한 반응이 상당히 뜨겁습니다. 시청률이 높은 프로그램이 방영된 후 인터넷을 보게 되면, 이에 대한 폭발적 반응을 확인할 수 있습니다. 드라마나 영화도 마찬가지지요. 술자리에서 화제작을 중심으로 이야기를 펼쳐나가는 경우가 잦습니다. 어떤 사람들은 대화에 끼기 위해 일부러 특정 프로그램을 본다고 말할 정도잖습니까.

영상매체를 활용한 글쓰기는 크게 두 부류로 나눌 수 있습니다. 하나는 특정 프로그램을 보고 느낀 바를 적는 글입니다. 책을 읽고 쓰는 서평과 다를 바 없지요. 이 같은 글쓰기는 분석력과 비판력을 키워줍니다. 누구나 다 보는 프로그램이라면 흔히 그냥 넘어가기 쉽습니다. 잘못이나 문제점 따위는 옥에 티라 여기기 십상이지요. 그러나 시청자가 날카로운 분석력으로 근거 있게 비판한다면 사정은 달라집니다. 거기까지 신경 쓰고 잘 다듬으려 하니 더 좋은 프로그램이 만들어질 가능성이 높은 것이지요. 더욱이 어떤 요소가 장점으로 성장했는지, 어떤 걸림돌 때문에 단점이 커졌는지 분석하는 것은 그야말로 프로그램을 100배 즐기는 방법이라 할 수 있습니다. 각별히 영화평을 써보면 어떨까 싶습니다.

영화평을 권하는 이유로 첫 번째는 좋은 영화평을 쉽게 접할 수 있어서입니다. 지금 문화 영역에서 가장 활동력이 왕성한 집단이 영화평론가들입니다. 이들의 전공은 각기 다양해서 문학평론을 하면서 겸하는 이부터 영화나 심리학을 전공한 이들까지 있습니다. 한 편의 영화를 보고 나서 분석하고 비판하는 잣대가 다양한 만큼 배울 것이 많습니다. 또 하나 주목할 점은 문체가 튄다는 사실입니다. 새로운 매체에 관심이 높은 사람들의 공통점 가운데 하나가 단문으로 문장을 날렵하게 쓰면서 진중한 주제를 다룬다는 점입니다. 영화평론가들의 글이 대체로 여기에 해당합니다. 입말에 가까운 문체로 쉽고 재미있으면서도 읽고 나면 무언가 고갱이를 안겨주는 듯한 글을 써내지요.

영상매체를 활용한 또 하나의 글쓰기는 그 매체에 빗대어 무언가를 설명하는 식입니다. 흔히 철학자들이 이런 글을 애용합니다. 철학적 사유는 상당히 추상적일 수밖에 없습니다. 그러다 보니, 이해하는 데 어려움이 많지요. 살아 숨쉬고 있는 장면을 통해 그것을 말할 수 있다면, 그보다 더 좋은 방법이 없을 터입니다. 그러다 보니 자꾸 영화를 활용해 글을 쓰는 경우가 늘어나고 있는 거지요.

이 글쓰기도 크게 둘로 나뉩니다. 하나는 영화 그 자체를 철학적으로 분석하는 경우입니다. 일반 영화평론가들과 다른 무게로 영화를 보니 새로운 것을 알게 됩니다. 다른 하나는 이미 알려진 철학적 사유의 결과를 특정 영화의 장면이나 주제의식에 빗대어 설명하는 경우이지요. 어느 것이나, 눈에 보이는 것으로 손에 잡히지 않는 것을 설명한다는 공통점이 있습니다.

그렇다고 처음부터 평론가나 교수처럼 글을 쓰라는 것은 아닙니다. 최근 영상매체에 대한 관심도 높고, 이를 접할 수 있는 기회도 너무나 쉬워졌습니다. 그런데 이를 그냥 보고 즐기기만 해서는 안 될 성싶습니다. 비판의식 없이 무조건 수용하는 태도는 성장을 불러오지 않기 때문입니다. 시작은 미약할 수밖에 없습니다. 영상매체는 내용을 기억해서 요약해내기가 더 어려운 면도 있습니다. 비판은 고사하고 분석하기도 어려울 겁니다. 하지만, 이미 쓰여진 좋은 글을 참조해 스스로 분석하고 비판하는 글을 쓰다 보면, 실력이 부쩍 늘어납니다.

시대가 바뀌면 매체도 바뀝니다. 언제나 일기와 독후감만이 좋은 글쓰기 훈련법이라 말할 수는 없습니다. 만약 이런 것에 질렸고 자신감도 없다면, 영상매체를 활용한 글쓰기를 해보십시오. 중요한 것은 계기를 마련해 성찰하고 분석하고 비판하는 훈련을 꾸준히 한다는 것입니다. 더 중요한 것이 있으니, 그게 무언지 아시는지요? 맞습니다. 그것들을 글로 엮어보는 것이지요. 구슬이 서 말이라도 꿰어야 보배라는 말, 늘 기억하기 바랍니다.

세상의 끝까지 항해하라 vs
상황 묘사에 충실하라

트루먼은 평범한 가정을 꾸린 가장입니다.
하지만 그에게는 자신도 모르는 비밀이 있습니다. 트루먼 자신이
전 세계 시청자들에게 생방송되는 리얼리티 쇼의 주인공이라는 점입니다.
드디어 자신의 삶을 의심하게 트루먼은 과연 자유의 몸이 될 수 있을까요.

트루먼 쇼

〈강호동의 1박 2일〉이란 TV 코너가 있지요. 정말 황당해요. 연예인들이 '복불복' 게임이란 걸 하는데, 게임에서 진(가위바위보 같은 단순무식한 게임으로 결정되기도 합니다) 사람은 엄동설한에 벌벌 떨면서 노숙을 해야 해요. 따스한 온돌방에서 자려면 가공할 만한 까나리액젓을 통째로 들이켜야 하죠. 이런 코너가 왜 사람들에게 인기를 얻는 걸까요? 그건 바로, '진짜(reality)'를 보여주기 때문이에요. 폼잡고 연출된 모습이 아닌, 날것 그대로의 진짜배기……. 그래요. 진짜를 보여주세요! 영화도, 글쓰기도 말이지요.

세상의 끝까지 항해하라

트루먼 쇼 | 감독 피터 위어 | 1998

천 개의 얼굴을 가졌다는 배우 짐 캐리. 그가 주연한 〈트루먼 쇼〉
는 수천 개의 몰래카메라를 여기저기에 숨겨놓고 한 인간의 일생을
태어나면서부터 죽을 때까지, 하루 24시간 가감 없이 생중계한다
는 기발한 발상을 담은 영화입니다.

이 영화, 참 이상한 매력을 가졌습니다. 배꼽을 잡고 웃다 보면
어느새 코끝이 찡해지는 경험을 하게 되니까요. 〈트루먼 쇼〉는 코
미디의 외피를 두르고 있지만, 사실 아주 진지한 철학적 질문을 던
지고 있는 영화입니다. 바로 '진정한 나의 삶이란 무엇인가?' 라는
질문이죠.

하긴 주인공인 트루먼을 너무 불쌍하게 여길 필요도, 너무 대단
하게 볼 필요도 없습니다. 어쩌면 트루먼은 우리 자신인지도 모르
니까요.

리얼리티 쇼의 주인공, 트루먼 _스토리 라인

보험회사 직원인 트루먼은 아내 메릴과 함께 한 가정을 꾸리고 있는 평범한 남자. 어린 시절 아버지가 익사하는 장면을 목격한 뒤 물에 대한 두려움을 갖게 된 트루먼은 사방이 바다로 둘러싸인 마을 '시헤이븐'을 한 발짝도 벗어나지 못하면서 매일매일 반복되는 평온한 삶을 살고 있습니다.

사실 트루먼에겐 자신만 모르는 비밀이 있었습니다. 그는 하루 24시간 전 세계 시청자들에게 생방송되는 리얼리티 쇼의 주인공이었던 것이죠. 수천 개의 몰래카메라에 둘러싸인 채 인공적으로 만들어진 거대한 스튜디오에서 살아온 사실을 전혀 눈치채지 못했던 트루먼은 갓난아기로 태어난 순간부터 지금까지 일거수일투족을 카메라에 찍히면서 살고 있었던 것입니다. 그의 아내 메릴과 죽마고우인 말론은 물론 섬마을에 사는 수천 명의 사람들은 모두 수십 년째 출연 중인 배우였습니다.

어느 날 트루먼은 라디오 주파수를 돌리다가 정체불명의 목소리를 듣게 됩니다. 그 목소리는 트루먼 자신의 모든 행동을 생중계하고 있었죠. 이 순간부터 트루먼은 자신의 삶을 송두리째 의심하기 시작합니다.

급기야 트루먼은 자신을 감시하는 카메라들을 감쪽같이 속이고

평범한 남자, 자기 삶을 의심하다.

"굿 애프터눈, 굿 이브닝, 굿 나잇!" 매일 똑같은 인사말만 이웃에게 전하던 트루먼. 그는 어느 날 자신이 TV 리얼리티 쇼의 주인공으로 살아왔다는 사실을 알게 됩니다.

알고 보니 트루먼이 평생 '세상' 이라고 여겼던 건 엄청나게 거대한 스튜디오였던 것이죠. 트루먼은 수천 개의 몰래카메라를 뚫고 스튜디오의 끝을 향해 위험한 항해를 시도합니다.

마을 바깥을 향해 배를 몰고 나갑니다. 평생 자신을 억압해온 물 공포증과 맞서면서 폭풍우를 뚫고 전진한 그는 결국 거대 스튜디오의 막다른 벽에 당도합니다. 바깥 세상으로 향하는 출입문 앞에 선 트루먼은 평생 자신의 삶을 감시하며 방송으로 옮겨왔던 '트루먼 쇼'의 연출가 크리스토프에게 마지막으로 통쾌한 인사말을 남긴 후 홀연히 사라집니다.

"굿 애프터눈, 굿 이브닝, 굿 나잇!"

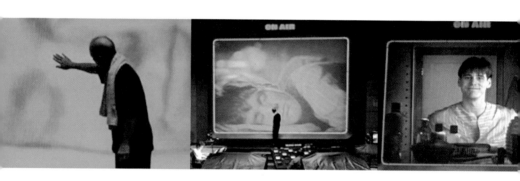

자유의지가 있어야 진짜 삶 _주제 콕콕 따지기

어쩌면 영화 〈트루먼 쇼〉가 우리에게 주는 교훈은 '세상에 믿을 놈 하나도 없다'는 시쳇말일지도 모릅니다. 매일 아침 반가운 인사를 나누는 이웃들, 수십 년간 친구로 지내온 말론은 물론 평생을 함께 하기로 다짐했던 아내까지 모두 트루먼을 새빨갛게 속여왔으니까요.

여러분은 아마도 이런 해석을 우스갯소리로 받아들일지도 모릅니다. 하지만 이 말은 사실 영화의 주제와 아주 밀접하게 연관되어 있습니다. 세상에 믿을 사람이 하나도 없기에 결국 자신의 삶을 결정하는 주체도 자기 자신이 되어야 한다고 영화는 말하고 있잖아요? 〈트루먼 쇼〉의 핵심 단어와 문제의식은 첫 장면에 집약되어 있습니다. 트루먼이 등장하는 거대한 쇼를 연출해온 크리스토프는 이렇게 말하죠.

"트루먼은 틀에 갇힌 작은 세상에 살고 있지만, 트루먼 자신은 가짜fake가 아닙니다. 이건 진짜genuine예요. 진짜 삶real life이라고요."

하지만 트루먼은 '진짜 삶'을 살고 있었던 걸까요? TV 리얼리티 쇼인 '트루먼 쇼'를 보는 시청자로선 트루먼의 삶을 '진짜'라고 여기겠지만, 정작 트루먼은 자신의 삶이 '진짜'가 아니었다는 사실을 깨닫게 됩니다. '트루먼 쇼'를 통해 중계된 삶은 결코 자신이

물 공포증 탓에 마을을 한 치도 벗어나지 못하고 살아 온 트루먼. 그는 자신도 모르게 '피지로의 여행'을 갈망합니다. 그가 피지를 갈망할수록 사람들은 미지의 세계에 대한 그의 공포심을 부추깁니다. 그럴수록 트루먼의 마음도 매서워지죠.

선택한 삶이 아니었기 때문이죠. 그래서 그는 '진짜 삶'을 찾기 위해 목숨을 건 모험을 감행합니다. 트루먼이 휴양지 '피지'를 늘 갈망하는 것도 그가 진정한 휴식을 취할 수 있는 '진정한 낙원'으로 가고자 한다는 사실을 암시하고 있는 대목입니다.

여기 중요한 장면이 있는데요. 자신이 의심하지 않고 살아온 세상이 왠지 이상하다는 사실을 직감한 트루먼이 아내를 옆에 태운 채 자동차를 미친 듯이 몰고 질주하는 순간입니다. "애틀랜타로 떠나자"는 트루먼. 아내는 "당신은 도박을 싫어하잖아요. 도대체 왜 거길 가려고 해요?"라며 그를 만류합니다. 그러자 트루먼은 이렇게 대꾸하죠.

"Because I never have."

우리말로 옮기면 "왜냐하면 내가 한 번도 가본 적이 없는 곳이니까"라는 뜻이죠.(여기서 'I never have'는 'I never have been there'를 줄인 말입니다) 아, 얼마나 멋진 대답입니까. 늘 반복된 일상에 만족하며 살아온 트루먼. 그가 이제부턴 '한 번도 가본 적이 없는' 삶을 살겠다는 의지를 표명하는 순간이죠.

연출자 크리스토프는 "인간들의 세상은 거짓과 속임수뿐이지만 내가 만든 세상에선 트루먼이 두려워할 게 없다"고 주장합니다. 자신이 '무균실' 같은 세상을 트루먼에게 선물했다고 크리스토프는 생각하지만 트루먼의 생각은 다릅니다. 트루먼이 미지의 새로운 세상으로 뛰쳐나가면서 마지막으로 남기는 말이 뭔가요? "굿 애프터눈, 굿 이브닝, 굿 나잇!" 그가 매일 아침 이웃들에게 농담처럼 해왔던 인사말이었습니다. 늘 평화롭고 안락한 아침, 점심, 저녁이 반복되는 '가짜 삶'에 종언을 전하겠다는 트루먼의 신념이 이 인사말에 배어 있습니다. 그는 사기와 협잡과 폭력과 전쟁으로 물든 추악하고 예측 불가능한 삶일지라도 자기 스스로 선택하고 결정할 수 있는 삶이 '진짜 삶'이란 사실을 깨닫게 되죠.

이 같은 내용을 종합해볼 때 〈트루먼 쇼〉의 키워드는 바로 '자유의지'라고 할 수 있습니다. 자신의 의지대로 선택하고 결정하는 '진짜 삶'을 살 때 비로소 인간은 '실존(實存, existence)'할 수 있으니까요.

사실, 이 영화의 제목만 눈여겨봐도 답은 나와 있는 것이나 다름없습니다. 주인공의 이름을 보세요. '트루먼'이죠. '트루(true, 진정한)+맨(man, 인간)', 즉 '진정한 인간'이란 뜻이 이미 들어 있잖아요? 정답은 사랑과 같습니다. 늘 가까운 데 있으니까요.

용기 있는 자만이 진실을 만난다

생각 팍팍 키우기

"왜 트루먼은 (자신이 거대 스튜디오에 살고 있었다는) 사실을 몰랐을까요?" 하고 방송 진행자가 묻자 '트루먼 쇼'의 연출가인 크리스토프는 의미심장하게 대답합니다.

"We accept the reality of the world with which we're presented(우린 우리에게 주어진 세상만 진실로 받아들이기 때문이죠)."

아, 정말 진리를 담은 말이 아닐 수 없습니다. 이 말은 우리가 매일매일 직접 경험하는 세상만 진실로 받아들이기 때문에 '진짜 진실'을 정녕 알지 못한 채 삶을 마감할 수도 있다는 얘기죠. 마치 트루먼이 30년간 살아온 초대형 스튜디오를 현실이자 '진짜 세상'으로 착각했던 것처럼 말입니다.

여기서 우리는 '진실'이라는 단어에 대한 철학적인 사고를 할 수 있는 기회를 갖게 됩니다. 결국 우리가 늘 믿고 인식하는 '진실'이라는 건 언제라도 하루아침에 거짓으로 판명날 수 있다는 사실이죠. 트루먼이 거대 스튜디오의 벽을 넘어 바깥 세상으로 향하는 문을 여는 순간, 트루먼이 그간 믿어온 세계와 진실은 한낱 거짓이 되어버립니다.

지구가 둥글다는 사실을 콜럼버스가 발견하기 전까지 인류는

286

'지구가 평평하다'고 믿었습니다. 그러나 콜럼버스가 아메리카 대륙을 발견하자, 그때까지 '진실'로 여겼던 사실('지구는 평평하다')은 새빨간 거짓이 되었습니다. 인류는 '지구는 둥글다'는 새로운 '진실'을 받아들이게 되었죠. 새로운 진리의 문을 용감하게 열어젖혔다는 점에서 트루먼은 콜럼버스와 다를 바 없는 존재인 셈입니다.

결국 '진실'을 찾기 위해서는 우리가 습관처럼 몸담아온 '안온한' 세상에 대해 의문을 품고, 세상의 끝까지 가보려는 용기와 도전정신이 필요합니다. 트루먼이 죽음을 각오하고 이겨내는 물 공포증은 단순히 '물을 무서워하는' 트루먼 개인에게만 해당되는 내용이 아닙니다. 알고 보면 우리 모두는 마음속에 하나씩 트루먼의 그것과 똑같은 두려움을 안고 살죠. '난 절대로 1등이 될 수 없어', '난 절대로 성공할 수 없어'와 같은 두려움 말입니다. 내 안에 도사

거대 스튜디오의 끝에 당도한 트루먼. 마침내 그는 '진짜 세계'로 통하는 문을 엽니다.

린 두려움에 정면으로 맞설 때만이 새로운 세상이 열린다는 사실을 〈트루먼 쇼〉는 말해주고 있죠.

사적인 삶과 공적인 삶 _유연하게 생각하기

트루먼의 아내는 '트루먼 쇼'를 지켜보는 시청자들에게 이렇게 말합니다.

"전 사생활private life과 공적인 생활public life의 구분이 없어요." 잘난 척하면서 내뱉는 그녀의 한마디에는 현대사회를 살짝 비꼬는 중요한 문제 제기가 숨어 있습니다. 바로 '공적인 삶'과 '사적인 삶'을 어떻게 구분할 수 있을까 하는 문제입니다. 메릴은 트루먼과 수년째 결혼생활을 해오면서 한 지붕, 한 이불 아래서 살을 섞고 지내왔습니다. 이런 그녀의 일거수일투족 또한 전 세계에 생중계됐죠. 그렇다면 생중계된 그녀의 모습은 '사생활'이라는 사적 영역의 것일까요, 아니면 '연기'라는 공적 영역의 것일까요?

트루먼의 아내 메릴은 집 안 곳곳에 숨겨진 수천 개의 카메라를 의식해 늘 '미스코리아 미소'만 짓습니다. 메릴의 연기는 그녀의 사생활일까요, 아니면 방송이라는 공적 영역일까요?

트루먼이 마침내 새로운 세상의 문에 당도한 모
습을 보면서 시청자들은 만감이 교차합니다. 그
토록 좋아했던 '트루먼 쇼'를 이제 더 이상 볼 수
없게 되었지만, 진짜 인생을 되찾게 된 트루먼에
게서 그들은 참된 자유를 맛보았던 것이죠.

이 영화는 이러한 문제 제기를 통해 '미디어 상업주의'를 신랄하
게 비난합니다. 트루먼의 아내 메릴은 카메라에 대고 늘 '미스코리
아 웃음'처럼 딱딱하고 틀이 굳어진 어색한 미소만 짓습니다. 자신
의 사생활조차 생방송을 위해 '상품화'해버리는 그녀의 모습이 우
스꽝스럽게 풍자되고 있지요. 생방송 곳곳에 코코아나 닭고기, 잔디
깎기 기계에 대한 간접광고가 불쑥불쑥 튀어나오는 장면도 결국 미
디어 상업주의에 '똥침'을 놓는 대목입니다.

요즘 넘쳐나는 리얼리티 프로그램들은 영화 〈트루먼 쇼〉 속에서 생중계되는 '트루먼 쇼'와 본질적으로 다를 게 없습니다. 부부가 서로에게 욕설을 퍼부으며 싸우는 장면들, 아들이 어머니를 때리는 패륜의 순간들을 고스란히 중계하는 리얼리티 프로그램들이야말로 제2·제3의 '트루먼 쇼'이죠.

　　세월이 흐를수록 사생활의 영역은 줄어들고, 개인의 삶은 점차 공개를 전제로 한 공산품이 되어가는 느낌입니다. 자신의 내밀한 삶을 인터넷에 낱낱이 공개하는 요즘 사람들의 노출 욕망 때문에 '퍼블리즌(Publicity + Citizen = 인터넷을 통해 자신을 대중에게 적극적으로 노출하는 사람들)'이라는 신조어까지 나오는 상황입니다. 어쩌면 우리 자신도 지금 '트루먼 쇼'의 주인공과 같은 존재는 아닐는지요.

Q 트루먼은 5,000개의 몰래카메라에 둘러싸여 30년을 살아왔다. 리얼리티 쇼인 '트루먼 쇼'의 연출자 크리스토프는 평생 트루먼의 일거수일투족을 감시하면서 트루먼의 삶을 100퍼센트 통제해왔다. 때론 인공폭풍우를 만들어내고, 때론 스튜디오에 설치된 인공조명을 사용해 따뜻한 햇살을 만들어내는 등 크리스토프는 심지어 마을의 낮과 밤마저 뒤바꾸면서 트루먼의 삶뿐 아니라 그의 정신세계마저 조종해왔다. 하지만 트루먼은 크리스토프가 구획해놓은 거대 스튜디오의 경계를 박차고 나감으로써 인간의 '자유의지'를 실현한다. 크리스토프와 트루먼의 관계를 '전체주의 국가의 독재자와 국민' 또는 '신과 인간'의 관계로 치환해 생각해볼 수 있을까?

A 크리스토프는 어쩌면 전체주의 국가의 독재자와 같은 존재인지도 모른다. 구성원의 일거수일투족을 감시하고 자기 뜻대로 그들을 조종하며, 때론 의도대로 그들이 움직이지 않을 경우 가혹한 형벌을 퍼붓는다는 점에서 말이다.

크리스토프는 음울한 미래를 예견한 조지 오웰의 소설 《1984년》에 등장하는 '빅 브라더Big Brother'라는 존재와 다르지 않다. 이 소설에서 빅 브라더라는 독재자는 도청장치를 이용해 시민의 모든 행동을 감시하면서 특정 이데올로기를 강요한다.

최근에 뜨거운 논란이 된 사건 하나도 사실은 〈트루먼 쇼〉가 제기하는 문제와 밀접하게 연관되어 있다. 바로 방범용 CC(폐쇄회로) TV 설치를 둘러싼 논쟁이다. 서울 강남구에서 CC TV를 골목마다 수백 대 설치했는데, 이후 범죄가 40퍼센트 이상 줄었다는 통계가 나왔다. 이에 따라 경찰은 CC TV 설치를 전국적으로 확대하겠다는 계획을 내놓았다. 그러자 논란이 일었다. 카메라 숫자를 더욱 늘려 범죄를 예방해야 한다는 찬성론과, 카메라 촬영이 인간의 기본권을 침해한다는 반대론이 맞선 것이다.

또 달리 생각해보면 크리스토프는 신과 같은 존재인지도 모른다. 그는 트루먼의 하루 24시간, 30년 동안의 인생을 속속들이 관찰한다. 크리스토프가 화장실에서 볼일보는 순간이나, 몰래 코딱지를 파는 순간이나, 심지어 아내

와 잠자리를 갖는 순간마저 말이다. 그는 트루먼이 무슨 생각을 하고 있는지도 꿰뚫어볼 뿐만 아니라 트루먼의 감정까지 마음대로 조종할 수 있는 전지전능한 존재가 아닐 수 없다.

트루먼을 '평범한 인간'으로 본다면 트루먼의 생각과 모든 환경을 장악하고 주도면밀하게 조종하는 크리스토프는 '신'과 같은 존재이다. 천둥과 폭풍우를 뚫는 위험천만한 도전 끝에 '진짜 세상'에 도착하는 트루먼의 모습은 신이 내린 가혹한 시련을 자유의지로 이겨내는 인간의 모습을 빗댄 것이라고도 볼 수 있다.

이권우의 영화 보고 글쓰기

글쓰기 15계명
상황 묘사에 충실하라

가르치면서 배운다는 말이 있습니다. 실제로 경험하기 전까지는 별로 믿어지지 않는 말입니다. 가르치기 급급한데 배울 틈이 없다, 배우는 아이들한테 배울 게 무에 있냐, 는 식으로 생각하기 십상입니다. 실제로 그렇기도 합니다. 아는 것을 전달하기도 벅찬데다, 그 정도를 소화해내지 못하는 현실을 바라보고 있으면 화가 나기도 합니다. 하지만, 지나고 나면 가르치며 배운다는 말을 실감합니다. 분명, 알아야 가르칩니다.

그런데 우리가 알고 있다고 여기는 모든 것을 잘 가르칠 수 있는 것은 아닙니다. 알지만, 정확하게 알지 못하거나 모호하거나 더 심도 있게 아는 것은 아닙니다. 그러다 보니, 가르치려면 안다는 것의 바탕을 단단하게 다지지 않으면 안 됩니다. 이를 위해 공부해야 하는 것은 당연한 것이지요.

그리고 공부하다 보면 알아야 할 것이 왜 그리 많은지 모릅니다. 더 많이, 더 넓게 공부해야 한다는 점을 절실히 느끼게 됩니다. 가르치면서 배운다는 말이 두루 맞습니다. 할 말이 더 남아 있는데, 아무래도 이 정도에서 그쳐야겠지요. 이 자리는 글쓰기와 관련된 말을 해야 하니까요. 글쓰기를 가르치면서 글쓰기 책을 여럿 읽어보았다는 말을 하려다 보니, 앞말이 길어졌습니다.

글쓰기를 가르치다 보면 역설을 느끼게 됩니다. 누구한테도 체계적으로 글쓰기 교육을 받아본 적이 없는데, 누군가를 가르쳐야 하니까요. 그러니 열심히 읽어볼 수밖에요. 대학에서 요구하는 글쓰기는 대체로 논증적인 글쓰기이지만, 글을 써야 할 상황이 너무 다양하다 보니 소설 창작과 관련된 책도 보지 않을 수 없었습니다. 소설 쓰기와 논증적 글쓰기는 상당히 다릅니다. 분량도 그렇고 설득하는 방법도 그렇지요. 읽는 이가 다르고, 쓰고자 하는 목적이 다르기 때문에 나타나는 현상입니다.

그렇지만, 소설 쓰기 가운데 몇 가지는 일반적인 글쓰기에도 수용할 만한 사항이 있다는 것을 발견하게 되었습니다. 여럿 되지만, 그 가운데 하나는 바로 세부묘사에 충실하라는 도움말이었습니다. 어찌 보면, 당연한 듯합니다. 공간적 배경이나 등장인물의 심리에 대한 치밀한 묘사가 없다면 소설이 되지 않습니다. 기실, 이런 것들을 통해 주제를 정확히 이해하고 감동을 받게 마련입니다. 그렇지만, 실제로 글을 써보면 이런 점을 등한시하고 있음을 발견하게 됩니다.

만약 평화를 주제로 소설을 쓴다고 칩시다. 작가가 평화의 중요
성을 역설하는 언설을 잔뜩 늘어놓고 있다면, 그 소설은 감동을 주
지 못하고 지루하다는 인상만 풍길 가능성이 높습니다. 그래서 소
설가들은 주요 인물을 설정하고, 그들의 삶이나 배경을 시시콜콜
늘어놓습니다. 물론, 마구잡이로 늘어놓지는 않지요. 치밀하게 짜
여진 구성력을 바탕으로 실감을 높이고, 거기에서 비롯되는 감정
을 읽는 이에게 전달하려 합니다. 일상에서도 실제적으로 말할 적
에 전달력과 설득력이 높다는 것을 실감하는 적이 많습니다. 누군
가 돈을 꿔달라고 한다고 칩시다. 뜬금없이 100만 원만 빌려달라
고 하면, 누구도 선뜻 내놓지 않을 것입니다. 병원비 하게 달라고
하면 조금 마음이 움직일 수도 있으나, 여전히 마음이 켕길 터입니
다. 하지만 어머님 병원비로 급하게 써야 하고, 그 돈을 언제까지
갚을 텐데, 이를 약속하는 차용증을 쓰겠노라고 하면 마음이 움직
일 가능성이 높습니다.

글쓰기의 역설이 여기에 있는지도 모릅니다. 환상을 빚어내려
면 현실에 충실하라는 것이지요. 환상에만 주목해서 현실을 등한
시하면, 정작 환상적인 상황을 만들어내지 못합니다. 환상문학이
나 과학소설도 마찬가지입니다. 그것이 아무리 현실과 동떨어져
보이는 세계를 다루는 작품일지라도 현실과 치밀하게 관련되어 있
고, 거기서 일어나는 일이 '리얼'하게 그려지지 않으면 실패한 작

품이 되고 맙니다. '판타지를 위해서라도 리얼리티에 충실하라!' 아마 소설 작법을 다룬 책들이라면 다 들어가 있을 법한 말입니다.

논증적인 글에서도 주어진 상황을 정밀하게 묘사해야 합니다. 그러지 않으면 목청만 높고, 설득력은 떨어집니다. 다른 말로 하면, 리얼리티를 등한시하는 글은 자기만 옳다고 우기는 꼴이라, 그만큼 설득력이 떨어진다는 뜻입니다. 글을 왜 쓰나요. 자기 만족을 위해 쓰는 글은 다른 사람이 읽어야 할 이유가 없습니다. 그것이 공개적인 글이라면, 자신의 생각을 누군가와 공유하고 전달하고 싶어서일 터입니다. 그렇다면 자기가 주장하는 바를 추상적으로 떠들어봐야 소용없습니다. 다 읽고 났더니 그런 주장으로 요약되고, 그 주장에 동의하게 하더라, 라는 생각이 들도록 해야 합니다.

저는 앞에서 글을 쓰는 순간 우리 모두가 시인이 된다는 말을 한 적이 있습니다. 그렇다면 이제 하나 더 덧붙일 수 있습니다. 리얼리티를 통해 판타지를 만들어내는 것이 소설가이잖습니까. 정확한 상황 묘사를 통해 주장하는 바를 강화하는 글쓰기는 우리를 소설가로 만들어준다고 말입니다. 길은 이처럼 서로 통하게 마련입니다.

빼어난 창조력은 읽고 쓰기로부터

굳이 제가 질투심이 많은 건 아닌데, 살다 보니 두 가지 경우를 무척 부러워한다는 것을 깨달은 적이 있습니다. 그 하나는 영화평론가입니다.

제대로 된 책 한 권을 읽으려면 용을 써도 1주일 걸리는 적도 있습니다. 다 읽었다 해도 글로 쓰거나 말로 할 만큼 기억할 수 있냐면, 그게 아닌지라 줄친 부분 다시 읽어보고 생각을 가다듬어야 합니다. 이에 반해 영화평론가들은 두 시간 남짓만 투자하면 글을 쓰든 말을 하든 제 일을 할 수 있습니다. 이게 부러웠던 거지요. 다른 하나는 여러 경로로 지원을 받아 외국에 나가는 작가들입니다. 공짜라면 양잿물도 좋아한다고들 하지만, 이런 공짜라면 얼마나 큰 행운인가요. 여기를 잊고 저기에 가 있으면 여기가 더 잘 보이는 법입니다. 최근에 나온 소설가 김연수의 《여행할 권리》를 읽으며 내내 질투심이 솟구쳐 올랐더랬습니다.

그러면 제가 남 잘되는 것 보며 부러워만 하느냐 하면, 그건 절대 아닙니다. 행복하고 감사하고 즐거워하며 살아갑니다. 왜 그런지 궁금하시지요? 얼마 전 아는 분이 글은 주로 언제 쓰느냐고 물은 적이 있습니다. 이 질문은 사실 좋은 질문이 아닙니다. 이미 답을 짐작하고 물었기 때문입니다. 가장 상태가 좋을 때 글을 쓸 거라는 것을 전제하고, 그때가 언제냐만 확인하려는 질문입니다. 주로 오전에 쓴다고 말하면서, 의표를 찌르는 말을 했더랬습니다. 그때가 집중력이 현격히 낮고 몸 상태도 좋지 않아서라고 말입니다. 물어보신 분이 놀라시더군요. 왜 안 그러겠어요. 좋을 때 써도 만족스럽지 못한 마당인데 말입니다. 덧붙여 설명했습니다. '그 시간대에는 무얼 하든 효율성이 떨어지더라. 책을 읽어도 잘 안 되고 이른 시간에 약속을 할 수도 없고, 그래서 글을 써봤더랬다. 당연히 어려웠다. 하지만 쓰면서 전혀 다른 경험을 했다. 집중력이 높아졌고, 몸도 좋아지더라.' 이런 식으로 말했지요.

정말 그랬습니다. 고통스럽게 컴퓨터 앞에 앉았으나, 충만한 만족감으로 의자에서 일어나는 경우가 많았습니다. 생각건대, 창조적인 일이라 그런 듯싶습니다. 남의 말을 알아들으려 애쓰는 것은, 말하자면 수동적인 일입니다. 그러나 글을 쓰는 일은 능동성을 띤 일입니다. 기쁨은 바로 이 창조성과 능동성, 그리고 적극성에서 비

롯되는 것입니다. 책 읽는 일을 직업으로 삼았는데, 만약 여기에만
그쳤다면 행복하지만은 않았을 터입니다. 읽고 생각하고 성찰한
것을 글로 쓰는 일을 함께 하고 있기에 그 누구도 부러워하지 않고
(앞에서 말한 투정 섞인 질투는 제외!) 스스로 만족하며 살아가고 있는
것입니다. 다른 것은 몰라도 저는 안빈낙도의 삶만큼은 누리고 있
는 듯싶습니다.

　이승재 기자의 꼼꼼하고 친절한 영화평을 지렛대 삼아 글쓰기에
관한 정보를 주는 일을 맡아보라 했을 때, 감히 해서는 안 되는 일
이나 아이디어가 좋아 덜컥 승낙하고 말았습니다. 쓰는 내내 좋은
글을 망치지나 않을까 염려되었지만, 용기를 내어 밀고 나갔습니
다. 다 쓴 글을 읽어보니 겹치는 부분도 있고 지엽적인 내용도 있
어 아쉬운 마음이 듭니다. 하나, 영화에 깃든 주제를 글 쓰는 요령
으로 확대하는, 일견 희한한 글이 완성되었다는 점에서 마음 뿌듯
하기도 합니다. 뛰어난 영화를 만든 감독이나 시나리오 작가는 대
체로 빼어난 독서가였다는 게 제 지론입니다. 그토록 빼어난 독서
가였기에 우리 영혼을 사로잡는 위대한 영화를 찍을 수 있었던 게
지요. 읽고 쓰는 과정에서 우리의 상상력이 훌쩍 자라나고, 그때

비로소 우리의 꿈이 이루어진다고 영화는 말해주고 있습니다. 이러니, '고맙다 영화야!' 라고 할밖에요.

이 글을 마치며 또 고마워해야 할 분들이 있습니다. 도서평론가라는 알량한 명함 한 장 달랑 들고 나타난 사람에게 강의할 기회를 7학기나 주고, 이 가운데 2학기는 연구교수로, 4학기는 강의교수로 거두어준 안양대학교에 머리 숙여 인사드립니다. 김승태 총장님과 문성원 교수님의 관심과 사랑이 있었기에 가능했던 일입니다. 안양대에서 만난 '금요일의 악동' 들도 잊을 수 없습니다. 열악한 환경 속에서도 학생들과 소통하고 더 나은 앎을 전해주려는 교수님들의 열정이 저에게도 전염되었더랬습니다. 그 누구보다 안양대 학생들에게 고맙고, 사랑한다는 말을 전합니다. 그들이 있었기에 이 책이 가능했습니다. 안양대학교에서 저는 좋은 인연을 두루 확인했습니다. 부디, 이 책을 읽고 글쓰기에 눈이 트이는 인연이 가능하길 기도합니다.

2008년 7월
이권우

1판 1쇄 발행 2008년 7월 28일
1판 3쇄 발행 2010년 12월 16일

지은이 | 이승재 · 이권우

발행인 | 김재호
편집인 | 이재호
출판팀장 | 안영배

아트디렉터 | 윤상석
스캔 · 출력 | 김광삼 · 이상국
마케팅 | 이정훈 · 유인석 · 정택구 · 이진주
인쇄 | 코리아 프린테크

펴낸곳 | 동아일보사
등록 | 1968.11.9(1-75)
주소 | 서울시 서대문구 충정로3가 139번지(120-715)
마케팅 | 02-361-1030~3 팩스 02-361-1041
편집 | 02-361-0993 팩스 02-361-0979
홈페이지 | http://books.donga.com

ISBN 978-89-7090-636-2 03800
값 13,000원